不如一直开到末日尽头
再来合力热舞.

By 西门大嫂♥

固执一生 不忘天真

原来是西门大嫂 著

The Planet as My Disco Light

果麦文化 出品

自序　会当身由己，婉转入江湖

在这本书成书的过程中，我们正经历着一段非常难忘的岁月：新型冠状病毒感染肺炎在人间无情蔓延开来，掀起了一定的恐慌，也让我们产生了永生难忘的共情。

人类还是很顽强的生物啊，通过一代又一代的努力，不断和愚昧、贫穷、偏见斗争着，在一次次面貌狰狞的疾病和灾难面前奋力求生。这段时间，我和许多人一样坚守在家中，一边尽我所能地工作，一边认真审视自己的生活。

其实在写这本书之前，我根本没想过有一天可以在纸质的印刷物上看到自己的文字——毕竟这件事太值得敬畏了。

从随意散漫的社交网络，重新回归到更为严肃的白纸黑字，我突然联想起四年前第一次打开公众号编辑页面时的感受。当年写下的第一篇文章叫作《夏天快乐，写字万岁》，毕竟码字这件事对我而言，一直是最能触及心底的存在。

在那个我们还没那么懒得写字，也没那么懒得看字的时代，每个人都可以在只有寥寥数人能看到的社交平台上洋洋洒洒，发出的内容不是为了博得关注和赞许，而是一次次天真又纯粹的自我表达。

再后来，微博带着只能写140字的框框袭来，让写字成了同说话一般随意的日常事。

记得2010年我第一次登录微博，文字框里是系统提示的一行小字：这一刻你在想什么……我愣了很久，满脑子都在想，这一刻我在想什么啊？到底要表达什么呢？

那时候我并不知道，这些当年随心组合的图文，层出不穷的观点和感悟，会在即将到来的自媒体时代帮助我找到一份可以谋生的工作。不管你是漂亮的还是有趣的，善于用影像还是语言表达自我的，都拥有了用创造内容变现的权利。

作为一名经营社交网络近十年的初代“网红”，我也亲历了“网红”这个词被冠以各种偏见，到逐渐被更多人接纳甚至羡慕的过程。我们可以拍美照也可以写文字，可以走上红毯也可以提名福布斯排行榜，最重要的是，可以不断激励许许多多的年轻人，以更大胆更独立的方式去选择自己向往的生活。

可无论经历过多少种媒介的变迁，我依然相信文字有一种无法替代的力量，就像纸质书存在的意义，让阅读始终保持着属于自己的仪式感和尊严。

写这本书对我来说也是一个知难而进的过程。我用了整整一年时间，在每天疲惫的工作后安静下来的几小时之中，用心把自己投入这些过往的故事。当然崩溃过，也想放弃过，自命不凡过，也觉得自己一无是处过。在写这本书的过程中，也经历了许多难忘的自我和解。

我开始意识到：不是要通过这件事变更强大，而是要更喜欢自己。

所以这本书的使命并非向你们讲述我是如何成为今天的我，而是想尽可能告诉更多人一些我成长中累积的感受：

> 自信或许没看起来那么重要
> 好看是一件没有统一标准的事
> 没人能真的不在意别人的眼光
> 也没有人天生不凡
> 有趣是一种天分，独立是一种修养
> 再神仙般的爱情也是要费力经营的
> 你放不下的东西，就没必要假装洒脱
> 所有人的成长都并非易事
> ……

谢谢我最亲爱的合伙人大 F 女士，在公司繁忙的工作之余一直陪伴我写完每一稿文字，一边情不自禁地看哭，一边理智地提出各种细致入微的意见；谢谢出版人王誉先生，从几年前坐下来讨论这本书至今，都执着地相信我一定可以给出最好的文字；还有不断给我总结意见的朋友野象小姐、韩夏、林壁炫以及老杨和同事们冷静又温暖的支持。没有你们的信任，我真的很难相信自己可以这样一丝不苟地雕琢文字，重拾很多年前放肆表达的快乐。

我还是很庆幸这本书写在我的三十二岁，而不是更年轻的时候。虽然依然希望还留守着二十几岁的赤子之心，但仍然更喜欢这个终于可以自洽的自己。

人间走一遭，总要留下点什么吧？文字也好，记忆也罢，哪怕你尚未找到一种留下印记的方式也没关系。就像徐皓峰说的那样："才智达不到的事情，你只能等着自己再老一点，等着你生活中的一些事情慢慢完结。总有人来相依为命，总有急中生智的那一天。"

你们看到这本书的时候，疫情的阴霾应该已经散去了，我们又共同度过了一段很艰难的岁月。我跟朋友说：等一切过去了，我要跑到后海的蓝天下，号啕大哭一场。不知道会不会做到。

这个春天虽然被辜负了，但还有下一个春天，我们总会再次用力拥抱。

目录

The Planet as My Disco Light

记得当时年纪小，
我爱唱歌你不笑。

The Planet as My
Disco Light

你是我对这个世界
最固执的天真

我和我的丈夫老杨，相识三十三年，相恋十三年，结婚八年。

我总能不害臊地说他是我见过的最好的人之一，并不是因为他缺点少，而是他所不擅长的刚好是我不在意的，他的闪光点又刚好是最能点亮我的。到现在每每看到他的背影，我还是会心里一暖，仿佛置身很多很多的彩色泡泡中。

对他的喜欢，至今为止都是我对这个世界抱有过的、最固执的一份天真。

• 记得当时年纪小，我爱唱歌你不笑 •

我和老杨出生在山东省烟台市的同一个医院，后来对起细节，才发现他的接生医师有很大概率就是我在妇产科任职的姥姥。总之，没人能预料到，那个头很大，还坐着出生的倔强婴儿，后来会成为我的丈夫。

老杨的舅舅是和我父母一起玩大的发小，每年过年那几天，爸妈总会带着我跑到他们家串门。这是相当热闹的一大家人，逢年过节，大姨二姨三姨舅舅就带着哥哥姐姐妹妹一同挤进老宅。

不知道是不是因为有小孩一起抢食的原因，总觉得他家夏天的西瓜和冬天的饺子都格外美味。

老杨小时候很清瘦，加上浓眉大眼瓜子脸，在那个年纪的男孩里长得特别出挑。我们一群小孩会在暑假跟着考进美院的哥哥画素描，一起去爬山写生。他话不多，偶尔笑起来会露出虎牙，白色T恤衫衬得整个人清清爽爽的。

我们一群小孩凑在一起玩的时候，总会把床垫当成蹦床，在上面大跳大笑。我跳着跳着瞥了他一眼，平时酷酷跩跩的脸上终于露出了一些属于这个年纪男孩的傻气，眼睛里还带着汪汪的水汽儿。

还记得有一次，我穿着一条新买的黑裙子去他家玩。大人们让我表演节目，我大方地立刻走起来，唱了一首范晓萱的歌："我刷我刷我刷刷刷……嘿嘿嘿嘿，你的牙齿有一个大窟窿。"我得意扬扬地指着自己嘴巴因为掉牙有窟窿的地方，突然转头看到他正靠在门上，看着我嘎嘎笑出鹅叫。我的脸唰一下通红，立刻遮住自己漏风的牙齿，把那段表演匆匆收尾。

后来他随爸爸部队的调动去了青岛，断续见过几次后就彻底失联了。我们都随着各自家庭的巨变而经历了艰难的成长，变成了可能在大街上遇到也不会认出彼此的人。

高中时我准备报考中央戏剧学院和北京电影学院，我妈想起好像在哪里听说过老杨也在中戏读书。通过几个人曲折地拿到他的联系方式后，我只身来到了北京。

老亚（我母亲）联络到的北京朋友先带着我去中戏转了一圈，看看环境，也顺便见一下他，咨询考学的难度和与考试相关的问题。那天，我找出当时觉得最酷的一身衣服：一件 DIY 的印花 T 恤和一双只穿过几次的三叶草球鞋，头发扎起又放下，纠结了好几次，最后还是扎起一个马尾辫去见他。

从北兵马司胡同拐进东棉花胡同，走到第 39 号院就是中央戏剧学院了，这是我第一次踏进这条后来四年被我们走了上万次的胡同。胡同很窄，夏天酷热的太阳把树叶的影子投射在学校木门上，我看见不远处一个个子不高的男孩走了过来。

• 时间紧迫，要加油了 •

那次见他时他的打扮样貌我都记不太清了，只记得当时不怎么认得出他，他也像是接待一个不熟悉的远方亲戚一般客客气气。和以前纤瘦的样子截然不同，他变得壮了许多，剃了一个看起来挺精神的寸头，个子不高气场却很强，声音十分有穿透力。

在学校里转了一圈总共用了十几分钟，校园比我的高中还小。在路上遇到的每个人几乎都会停下来和他打招呼，看起来一副在学校混得不错的样子。在一幢教学楼前我们停下，上面“中央戏剧学院”几个大字被爬满整栋楼的常春藤围起来，在下午的光照下有一股形容不出的神圣力量。

结束参观后，他带我去了一间叫作喜鹊的咖啡馆，点了几杯当时对我来说贵到想不通的饮料。他没讲什么我期待中的考前细则，只说了关于未来和选择之类的种种，最后把邮箱地址写下来给我，让我回学校后把以前写的东西发给他看看。

那次见面让我对他产生了一些莫名的敬重感，他的举手投足，校园里的一草一木，都成了我不自觉就会反复在脑子里回味的画面。回到枯燥又痛苦的高中生活后，那个邮箱已然成了能带我离开这个平凡世界的救命稻草，关于未来的一切可能都要从那个窗口展开了。

我精挑细选出以前的文章发给他，却并没像预想中那样得到肯定的评价。后来我开始每天练习，写好一篇新文章后仔细改上几遍才敢给他发邮件，然后心脏突突直跳地等待着回复。

每封邮件都会在发出后隔天准时被回复，他除了反馈一些对我写作的意见，也会布置一些接下来要看的电影和书。即便功课再紧我都会想办法认真执行，因为我知道，想要去往他的世界，像他那样思考和说话，变成像他一样厉害的人，必须倾尽全力。

我在的高中是封闭式管理，当年也没有自己的笔记本电脑或者智能手机可以方便联络。好在一位当年和我关系很好的政治老师愿意偷偷给我开“后门”，到由她看管的晚自习时，我总能溜到办公室用她的电脑收发邮件。

又一次，我写了一篇自己还挺得意的文章，自然非常期待老杨的评价。每一次登录邮箱，点开“未读邮件”提示的过程，对我而言都是充满了仪式感的。新邮件里他写道：

北京还是没下雪，
天冷得要死。
最近忙得像个缩头乌龟，
忙完后就赶紧回屋，
外面的风不太适合我的身体。

看了这次的文章，
非常不好，有所退步。
这个人到底有什么事情感动你？
描写清楚一件具体的事情有那么难吗？
不要总在写感觉，我怎么知道这个人是一个开朗的人？
他的开朗与别人有什么不同？他为什么这么开朗？
你读自己写的文章会感动吗？
我要批评你两句，不要每次都说自己听懂了，认真想想我说的话。

下笔三思，这不是一句空话。

小亚，时间不多，不要怪我骂你。

到现在为止我还没看到一篇你经过深思熟虑，按照我的说法写出来的东西。

时间紧迫，要加油了。

我一边看，一边眼泪哗啦啦地往下掉。政治老师撇撇嘴说，你这个哥哥可真严厉，怎么老把你弄哭！我把嘴唇咬得发紫，但还是说不出一句抱怨的话，于是擦擦眼泪离开办公室，回到那沉闷得让人窒息的教室中，把本子藏在复习资料下继续写新的一篇。

高二的寒假，恰逢他和家人回烟台过年，我们约好了大年初三那天他来我家见面。这次见面距离上一次相见已经过去六个多月了。他剃短了头发，换了一副半框的眼镜，穿着一件和他老实的外表有些不登对的迷彩外套，下颌角的轮廓清晰而锐利，说话声音依然洪亮到可以穿透人心。

那天家中只有我们两个人，我把所有的 DVD 都拿出来向他展示，告诉他这半年里我看了哪些电影。他说，学习电影就是一个需要倾注全力去忍耐孤独的过程，每一点进步都要经历很漫长的挣扎。他回忆起有一年假期，把自己关在屋子里看了整整两个月的电影和书。每天三到五部，隔天再挑一部拉片。

他边说边翻看我的碟片，拿出来对着光线审视碟片上的磁道。我一点都猜不透他脑子里正在想些什么，只觉得心跳越来越快，也分不清是被未来的愿景冲击，还是对他晕了头的崇拜在作祟。

后来他带我仔细拉了一遍黑泽明的《罗生门》，每一个细节的停顿和表述都特别让人着迷。结束后天色渐黑，我借着遛狗的名义坚决要送他出门去坐车。从家门口到坐车的地方有一条笔直的长路，上面布满了厚厚的积雪。我俩的脚在雪地上踩出“咯吱咯吱”的声音，那条之前每次走起来无比煎熬的长路，这次感觉只走了几分钟就匆匆结束了。

后来我真的考上了中戏，再见面的时候我已经是一个大学生了。那一年，他读大四。

• 一次暴力告白 •

军训完回到学校，所有人都被晒成了煤球。他打电话让我下楼，说要看看我。我噌的一下起身，甩下正在收拾的床铺，穿着军训的迷彩服就冲下楼去。他靠着女生宿舍楼道的墙，一脸微笑地看向我跑来的方向。

他那时候的姿势和我记忆里小时候的片段一模一样：头靠

门站着，露出小虎牙冲我笑，特别特别好看。

见面之后他拍了拍我的头，说："恭喜你丫头，是个大学生了。"接着又仔细看了我一眼，"扑哧"一下笑了："晒黑了不少呀！"

我的脸唰一下变得暴红，当年自己瓷实的身板和黝黑的肉脸让我自卑到不好意思多看他一眼，也不敢多走近他的世界一步。

他带我认识了当时他很喜欢的女孩晓凡。晓凡是个表演系的神仙姐姐，瘦瘦的，很小只，眼睛里总是泛着星星。她身上没有一点我想象中漂亮姑娘的傲慢，笑容特别温暖。我们一起去看晓凡的毕业大戏，给她送花，一起吃饭喝酒，我也认识了很多他身边有意思的朋友。

他们的生活对我来说好像一个精彩至极的剧目，我像不小心被拉进剧情里的热心观众，享受又惶恐。而看着他和晓凡在一起聊天，聊毕业的焦灼，聊未来的混沌，总有种看偶像剧的心态，希望他们能走到一起。

可这种仰望，慢慢变成了嫉妒，这种嫉妒让我开始不知所措。

不记得从什么时候开始，他向别人介绍我时总会说我是家里的一个远房表妹。以前我没问过原因，反倒觉得学校里有这样一个亲戚罩着还挺得意，可如今当我听到他说"妹妹"这个词，反而会觉得很刺耳。

那段时间老杨每天参加实习面试，晓凡在四处跑组，我在学校安分上课。周围很多同学都开始谈恋爱，我身边也偶尔有示好的男孩，后来都不了了之。

在面试了数不清的剧组之后，晓凡要去厦门拍戏了，始终没确定关系的两人决定把感情先放一放。晓凡走后，老杨也开始去央视实习，白天在交通最繁忙的时间从东城坐公交穿到西城，晚上再赶着高峰期回学校，先前他身上些许狂妄而坚毅的少年感，被来自平凡世界的日常慢慢磨圆了棱角。

那段时间他晚上回来后，会时不时约我吃饭。我总是尽可能协调排练和功课，留出晚饭的空当等待他，以免错过任何一次邀约。

学校旁边有一家大家常去的餐厅，其中的西红柿鸡蛋盖饭和酱肘花，他几乎吃了整整四年。他说总觉得琢磨要吃什么太麻烦，填饱肚子就好。而我是一个人吃饭都要点上三菜一汤，每天都换馆子试试看的那种贪嘴。于是因为要跟我吃饭，他也跟着试遍了学校附近五花八门的餐厅。

吃饭时我们会聊新看的电影和好读的书，我跟他讲班里每一个同学，讲课上的趣事，慢慢发现跟他讲话的时候我好像没那么自卑了，话也变得越来越多。

当时学校所在的南锣鼓巷还不是如今挤都挤不动的游客区，

几家餐厅的老板每次见到我们都还会热络地打招呼。巷子两侧的路灯一过晚上十一点就关掉了，平时那条七八分钟就走完的路，我们会慢悠悠地走半个小时，回到学校后在操场上坐一小会儿，再各自回宿舍。

真的真的有好多话要说啊，即便每天见面，也要吃饭的时候说，散步的时候说，夏天乘凉时说，冬天躲到宿舍楼里站着说，甚至从来都没一起做什么打发时间的事，只是争分夺秒地在说话。

同宿舍的同学也开始犯起嘀咕来，说你和这个表哥未免也太亲近了吧！

我的确产生了某种和他非常亲近的错觉，感觉自己大概已经是他最信任的朋友了。有天饭后他嘟哝了一些关于毕业的焦虑，回宿舍后我斟酌了一条很长很长的短信，写了许多最近的感悟和心事，思前想后才点了发送，然后一直捧着手机等待回复。大概过了半个多小时，他回了一句：哈哈。再也没有下文。

我抱着手机，开始没完没了地琢磨这两个字的寓意：为什么会有一个句号？为什么每次回宿舍，他都会第一时间问我到没到，而这条信息是半小时之后才回复的？为什么是“哈哈”，不是“好的”？

那时候我发现，自己的情绪已经开始因为他的只言片语波动得越来越厉害，而我始终不敢承认这是“喜欢”，好像会对他产生冒犯一般。

记得那天上课，老师给我们讲了《索拉里斯星》这本小说。男主角深爱的女孩死去了，他带着难以化解的哀痛到另一个星球执行任务，却发现了这星球上的高等生物，会根据人意志中最想念和想得到的事物幻化成一个极尽真实的存在。男主角再次见到了女孩，一切都真实和准确到让人无法清醒。他的智慧让他坚信那是高等生物运行的一个并不存在的“空”，却无法阻止自己深陷于那个“空”。

“写得蛮好的，爱情的本质就是一个‘空’嘛。”老师把书合上，眼看着在座的我们陷入一片死寂。少年们开始发现，爱情本身是醉人的迷药，而不是所有痛苦的解药。

《索拉里斯星》那本书上，至今还有几页留存着我当年看书时流下的矫情眼泪，即便看起来很羞耻，但那是我最最真实的少女时代啊!

想和喜欢的人待在一起，即便是空虚的妄念，也是一种无法抗拒的本能。这很像狗子会藏不住地摇尾巴，可能一点也不酷，但特别诚实。

那天下课后我回到宿舍，发现桌子上摆着一块米糕，室友告诉我是对面宿舍一个很漂亮的师姐送来的。我心里一紧，到对面宿舍敲开门，发现晓凡果然回来了。她穿着一件丝质的睡袍，从夕阳的光影里走过来，整个人都在发光。

晓凡看到我特别高兴，走上来抱住我，顺滑的头发抚着我的肩膀，香喷喷的。她说回学校的路上看到了米糕，就很想买给我吃，还热乎着呢。我整个人有些恍惚，不记得说了什么，回到宿舍爬上床，用被子蒙着头开始号啕大哭。

好朋友气我太不敢爱敢恨，径直把米糕扔进了垃圾桶，抬头对我说："那么喜欢他就直接说出来啊！很难吗？"

后来几天，老杨果然没再找我吃饭，我也不敢多问什么。每天回到宿舍，看到对面宿舍的门都很想冲进去看晓凡是不是在里面；每天垂头丧气地在排练室和剧场之间往返，准备着大一第一学期结束的汇报演出。

应该就这样结束了吧，我想，但那两个月也是一段很不错的回忆了。

2006 年 12 月 31 日，我们大一的第一个学期在黑匣子剧场的汇报演出中结束了。一个和老杨同班的师哥走上台来献花，站在我旁边的男生刚好是师哥的老乡，笑眯眯地上前迎花，不料师哥却转身走向我。

他把一大束玫瑰径直塞进我手里，我吓得心突突跳，有一句话猝不及防地钻进我耳朵里，现场的掌声瞬间变成了"嗡嗡"的耳鸣。

他说：喏，这是杨凯麟给你的。

演出结束后和同学相约一起喝酒，班里一个和我关系不错的男生似乎有要告白的意思，坐在我身边欲言又止。饭局结束后酒兴未尽，我们说不如到学校对面的翅客继续撸串吧！于是一小撮人又跑到串店喝了起来。

我脑中不停回旋着师哥塞给我花儿时的话，借着酒劲儿给老杨打了电话，谁知道他立刻就接了。

中戏这个不大的地方，载满了各种“少年维特的烦恼”。我们从或叛逆或忧郁的青少年变成了或焦虑或狂妄的准成年，只要不离开学校这个摇篮，我们总也不会真正长大。可那又怎样？反正也仅有那几年时光可以挥霍无度，所有的痛苦和快乐都是很确凿的、不加怀疑的，非常浪漫。

回看那天晚上，每个人都怀抱着很确凿的痛苦，也没有一个讨厌的成年人站出来批判大家痛苦的意义，比较痛苦的价值。所以我们也就任由自己发挥起来，呼喊爱，呼喊肯定，呼喊所有的想要而不可得，呼喊所有想逃离的和想企及的。

老杨推门进来的时候，大家已经醉成一片了。

他被几个男生拉住边喝酒边诉苦，我在门外照顾边吐边哭的女朋友。后来人终于三三两两地离开了，剩下我们俩单独面对着一些凉掉的鸡翅和躺在地上横七竖八的啤酒瓶。

老杨看着我半天不说话，我终于憋不住了，使出全身的勇气说：我不知道为什么你一直约我吃饭，还要跟别人说我是你表妹，不知道我对你来说算什么。我也知道你不可能喜欢我，但我今天必须要告诉你，我喜欢你很久很久了。但从现在开始我不想再和你见面了，这样太痛苦了……

老杨又沉默了良久，然后挤出一句："这件事，很复杂。"

大概是借着一点微醺，看到别人先前的放肆，又很想疯狂一次，我突然从一堆啤酒瓶中拿起一瓶剩了一半的酒，一口气灌下肚，然后把酒瓶用力砸到地上，大吼一句："喜欢就是喜欢，没什么复杂的！"

突如其来的声响惊动了在厨房里的老板，赶紧冲出来问我们有事没。老杨嬉皮笑脸地哄他回去，说一会儿他一定收拾好碎渣。

我其实被自己的举动吓到，吓得竟然有一点清醒了，回过神来才发现自己的手已经被老杨紧紧攥住。他的声音有些颤抖，眼眶也有点红。

他说："我喜欢你！"

好像来自外太空的四个字，是我幻想了无数次却从来没妄想成真的，当从他口中挤出来的这一刻，在我眼前好像坐着一个意志崩溃的间谍，没能守住堵在自己胸口的秘密。

我看他犹豫不决地想继续说什么，就头脑发热地冲过去亲了他。他的嘴唇比我想象的小很多，非常柔软，那个吻没有鸡翅或啤酒味儿，是像棉花糖一样的。

亲完这下，我俩都蒙了。他特别温柔又带着些许羞涩地笑了，用大手摸了摸我的脑袋。突然，有人推门而入。

班里要追我的那个男孩又冲回来了，他在门口看着手握在一起的我和老杨愣了许久，最后慢慢走进屋子，关上了门，拖着很慢的步伐走到了我俩旁边坐下来。

那一晚的所有画面都像定格动画一样，又缓慢又跳跃，不真实又非常生动。

不知道是不是太想逃避，我突然感到一阵困意袭来，说要睡五分钟，于是径直走到旁边的桌子趴下。醒来后还挺得意地跟他们说，你看我说五分钟就五分钟吧！

后来只觉得头一阵剧痛，老杨和男同学一起搀扶着我离开。走到宿舍楼门口，老杨把我背起来，靠着多年混熟的关系跟阿姨打了个招呼就爬上了四楼。男同学则被阿姨无情地拦在了楼梯口。

多年后我才知道，其实那晚我在桌上睡了整整一个小时，而他们两人面对面抽了整整一包烟，一句话也没说。

第二天我醒过来，宿舍里所有的女孩都围在了我床边，七嘴八舌地问：为什么昨晚是你表哥送你回来的？你们俩到底什么关系？我头疼欲裂，根本不知道该怎么回答，打开手机只看到一条老杨发来的短信：我们的事，今晚再谈谈吧。

我吓坏了，不敢回复也不敢回忆，只能魂不守舍地想尽办法再逃避一会儿。

看到老亚的未接来电，我不得不打回去，支支吾吾地要跟她坦白一件事。谁知道她直接让我措手不及，张口就说：是不是和杨凯麟在一起了？

我吓得连连否认，表示事情八字还没一撇呢，她却笑着表示：早知道你喜欢他了，不然干吗放着电影学院那么好的专业不上选了中戏！他跟你表白了吗？

我被老亚问得一头雾水，赶紧问她到底是怎么知道的，她笑着说："去看看他昨晚发的 MSN space 吧。"

我赶紧打开电脑，发现他昨晚在出门见我前发出了一条状态：

对不起，我必须告诉大家，张小亚不是我的亲表妹，我们没有任何血缘关系。

当晚我们在学校地下室的小卖部里见面，那是我第一次没有把泡面全部吃完。他拿着烟灰缸、矿泉水瓶、醋瓶子等等在我面前摆来摆去，说哪个是他的未来，哪个是我的未来，又开始假设数不清的可能性。我看着泡面一点点凉掉实在心急，赶紧把那些无辜的瓶瓶罐罐推到一边告诉他，真的没那么复杂，不用非要回应我的喜欢，我只是不想再隐瞒了而已。

他沉默了几秒告诉我，今天白天他已经打电话跟家人讲了我们要在一起的事情了。“那不然……给个面子，试试做我女朋友吧！”他说。

就这样，我们的恋爱关系荒诞而匆忙地开始了。

我们刚在一起没多久，晓凡就结束跟组回来了。只听说她回来那晚约老杨出来在操场上坐着聊了好久，问他这一切还有没有可能挽回。再后来她接到了一个争取很久的角色，要离开北京整整半年，临走前给老杨发了一条短信说：我爱你，再见。

她离开北京那天我刚好回到宿舍取书，看到桌子上放着一块米糕。米糕已经凉了，但还是很松软香甜。我边吃边看着宿舍的窗口发呆，想起她像星星一样的眼睛。

没能好好地道别，自此我们便再没见面了。

接下来整整一个月，我和老杨几乎都在不停地和不同的人解释：我不是他表妹，他不是我表哥，我们不是指腹为婚，是自由恋爱……

毕业后很多年，一个师妹告诉我，她还无意间在剪辑房里听到两个阿姨聊天说起：“你记得06级的张馨心和03级的杨凯麟吗？他们俩是表兄妹来着，后来在一起啦！听说最近都要结婚了。”

别迷信地久天长，
我们也是过一天算一天。

The Planet as My
Disco Light

我嫁给了
我最好的朋友

《奇遇人生》里有一个我特别喜欢的故事：道子女士年轻时通过相亲认识了丈夫，两人一辈子没有对彼此说过“我爱你”，但却陪伴终生。后来丈夫得了阿尔茨海默病，渐渐没了记忆，时常把儿子当作爸爸，喊妻子作妈妈。周迅和阿雅去探望老人，问他记不记得妻子叫什么，老人好像听不懂，一直哈哈大笑，却唱起一段他们的老歌，跳过前面的歌词直接唱到那句“像跨越岩石的海涅一样，是我的恋人”，婆婆握紧他的手笑着说，他有时候还记得我。

后来周迅问婆婆，您觉得什么是夫妻啊，她回答：“成长在父母身边和成为夫妻是不一样的。夫妻是从零开始商量着来，生活到现在的。虽然大家各有各的想法，但渐渐还是成为一体了。”

把爷爷接回家过周末的一天，婆婆和儿子陪爷爷一起坐在院子里唱歌，婆婆轻轻凑在他耳旁说：“我爱你。”

其实从来都不觉得人类需要伴侣或者生儿育女才能找到生命的归宿和意义，人可以依靠自己的力量很好地生活下去。但如果刚好有那么一个人，没有早一秒也没有晚一秒，就这样出现在你生命里了，当然要能握多紧就握多紧。

说实话，和老杨谈恋爱之后我都没想过自己会在二十六岁这一年结婚。和他在一起之前，我“独立”到有些不近人情：从不让班里的男孩子帮忙干活，觉得和大部分男孩都聊不来，对身边朋友结婚生小孩的幻想嗤之以鼻……年纪轻轻却非常不懂得松弛。也的确是因为遇到他，我开始一点一点忘记了那些自以为是的原则和防线，学会了更柔软和放松的表达。

我们是在恋爱五年之后突然决定结婚的，当年一直不愿意结婚，是觉得抱着不捆绑彼此的心态才能一起走到更远的地方。后来选择结婚，是因为我突然觉得要一起走多远这件事好像没那么重要了，我想用一种最郑重的方式传达我的感情，想和他一起体验我曾经最畏惧的东西，想和这个人以某种更紧密的形式共处。

人和人本来就是千差万别的，人与人之间的关系亦是。相爱的人可以用任何一种达成共识的方式相处，也不必顾虑任何评判。世人可以仰慕爱情，但没必要树立榜样。因为感情本来就是流动的，我们可能一起流动到更远的地方，也可能在远方郑重道别。白头到老从来不是我对婚姻的目标，这也是我觉得婚姻最美好的地方。你搭建了一个心安之所，也并没因此失去那个自己最亲密的朋友。

《时空恋旅人》中有一幕特别有趣，男主角摇醒熟睡的女主角，拿出戒指颠三倒四地说了一堆话，睡眼惺忪的女主角微笑着，幸福地看着他说："谢谢你没有在大庭广众下向我求婚。"——你看，"懂得"比"给予"要温柔许多。

我和老杨谈了七年恋爱时，谁也没觉得需要挠一挠，但都觉得生活里好像逐渐没那么多不确定了，一切属于年少时期的焦躁都有种尘埃落定的感觉。

有一天我俩窝在沙发上边吃外卖边看电影，狗狗扑麻在身边缩成毛茸茸的一团，用尾巴很有韵律地敲打着我的胳膊。我突然觉得好幸福啊，这个时刻是我的最高理想，也是生活底线。于是我转头跟他说，不如结婚吧！他吃了一口外卖回答，好的呀。

"那你明天有空吗，我们去登记！"

"要预约吧？我查查。不过我明天好像要开会……"他打开手机开始查民政局网站。

"可后天我要开会，12 号呢？"

"12 号可以，那我约一下哈！"

就这样，没看黄历也没跟任何人报备，我们直接来到朝阳区民政局隔壁的照相馆拍了登记照。登记的过程快到不可思议，在被问及是不是自愿结婚的时候我甚至还没来得及回答，结婚证就被盖了戳。走出来的时候，老杨和我各自拿着那个只在电视剧里见过的结婚证一脸蒙。

“就……这样了？”我看向他，他点点头。

回家后我和老杨坐下来，给家人录了一段视频，感谢他们在我们还是两个一无所知的小屁孩时，就能支持我们在一起。那时我刚上大学，他面临毕业，没有人看好这样一段动荡时期的爱情，但这份爱情还是在家人那里得到了足够的理解。

我能想到最好的支持也无非如此，不用那些过来人的说辞去绑架任何我们可以自由选择的机会。所谓幸福与否，本来就是只有自己才有权判别的内心体验啊。

我严辞拒绝了老杨买婚戒的打算，也约定了不办婚礼，这样刚好省下了一笔钱，于是我俩一起甩下手头的工作跑到纽约待了整整一个月。

我们就这样无端跑到一个陌生的城市过起了日子，白天泡博物馆，逛各种市集，晚上一起看演出，看美剧，跑到住处附近的场子打篮球。甚至最后一周打起精神来准备到墨西哥的坎昆“度蜜月”，还拉上了一个身在纽约的好朋友同行。

成年后对所有的任性都会忍不住计算代价，但万万没想到我们因为走入婚姻——这个大人才会做的决定——心安理得地争取了一次难得放肆的机会。

回国后和家人吃饭，老杨爸爸郑重征求我们的意见，问起是不是可以考虑办一场婚礼，也算是给这些年他们送出的份子钱一个回本儿的机会，还能让他在老战友面前嘚瑟一下。我盘算了一下，趁机再多一笔存款也不是不可以，于是临时决定开启这场非常荒唐的“婚礼表演”。

婚礼筹备的部分，全权委托给了爸妈。婚礼前一周，我找朋友的影棚借了一身不太合身的婚纱，老杨隔空确定了一些场布。婚礼前三天，我们各自带着一吨的工作量赶回青岛筹备。

我跑到小商品批发市场，买了一对儿假钻戒和胸花，在淘宝上找了一个拍摄团队，嘱咐他们现场摆摆样子就好，不用给我们最终的影像资料。

婚礼没有策划没有司仪，于是装台、订餐、写串词的工作我们干脆都自己包揽。朋友们借着要来看热闹顺便度假的契机，竟然组成了一个十几人的大团。于是我们连夜赶到火车站、机场，四处接朋友并安顿好……婚礼前一晚凌晨三点，我俩坐在楼下的台阶上一起抽了支烟，在黑暗里看到彼此疲惫的脸忍不住笑了。

晚上我找音乐，他写串词，活脱脱像期末考试前一起临时抱佛脚的学友。那晚还拉回来一个朋友在家里同住。快天亮时，我们仨在家里阁楼的通铺上躺成一排，筋疲力尽。两个小时后，我起床嫁人了。

老杨开车载我到老亚住的酒店化妆，再象征性地载我回婆家敬茶。我穿着不合身的婚纱坐在副驾，把音响里的电子乐开到最大声。临时被拉来凑数的伴娘小寒和伴郎林壁炫坐在后排，一直笑我俩太像一对扮演新人的演员。

车上没有加任何装饰，后面也没有其他花车同行，于是没人知道这是一对要赶去结婚的新人。眼看着仪式的时间越来越近，路上却堵得水泄不通，情急之下我迅猛把头探出了车窗，一边摇晃手里的捧花一边高喊："我们赶着结婚，麻烦大家帮忙让一下啊！"

这莫名的戏码让我们顺利从车海中杀出重围。车子缓缓开到现场，老杨还在认真地找车位，小寒指了指前方的亲友团，我们都傻眼了：一排人正整齐排列在酒店门口摆好了鼓掌的姿势，杨爸的战友们已经铺好了一条十米长的鞭炮路，随时准备点火。

我们缩手缩脚地走下车，鞭炮瞬间点燃，震耳欲聋，眼前我们要走过的路弥漫着一股浓密的白烟，彩炮拉响，众人欢呼，每个人脸上极致开心的表情都在我面前变成了慢动作。我突然恍惚了：这个从未在我人生可能性清单里出现过的画面，是怎么穿越了层层障碍，就这样出现的？

我快速钻进候场的房间，瘫在椅子上，一直深呼吸。我告诉自己：既然是表演赛，就要配合好，不能泄气啊！

朋友们一个接一个地钻进来看我，七嘴八舌地说现场竟然有三十多桌，几百号人！听说还有专门从烟台包了个大巴来参加婚礼的呢！所有的桌子都是以军舰的名字命名的，什么沈阳号、大连号……太好玩了。没谁因为有人要结婚这件事唏嘘或感动，我也和大家热络地聊了起来，全然忘了今天是来结婚的。

这些人啊，毕业后还是时常凑在一起散德行，轮流跑到对方家里吃大锅饭，吃撑了就鼓着肚子各自瘫倒在沙发上、床上看电视、玩手机。看着看着，有的人睡着了，有的人回家了。过几天又凑在了一起，一起骂工作里遇到的讨厌的人，或因为一些无聊的小事而兴奋不已。

我的婚礼，对大家而言无非是换了个场子凑在一起玩罢了。

此时身着西装的老杨已经扮演好司仪的角色，宣布：有请我的新娘上台！话音渐渐被现场吵嚷的人声盖过。

老杨爸爸是海军部队的舰长，退伍后去了工会工作，一辈子本分朴实，受人尊重。这次刚好趁着婚礼，把他退伍前担任舰长时的几个舰队的战友都请来了，有些几十年没见的叔叔，竟然忍不住抱在一起痛哭起来。

有请新娘上台的话音落下很久，才一层一层地传到我的房间里，于是现场出现了很魔幻的一幕：《婚礼进行曲》已经响起，新郎孤零零站在台上，台下是一群叙旧到动情的大叔。我赶紧提着裙子踉跄着冲向宴会厅，徒手扒开人群挤到台前，身后没有裙摆，倒是紧跟着一批看热闹的男孩女孩。

小寒赶紧整理了一下我的婚纱，花童由两个我临时拉来的朋友扮演，她们开始往我脸上身上拼命扔花，扔了没几步路就扔空了，面面相觑。老杨走过来，他的眼睛里带着我从没见过的紧张，笑容却还是一如既往地让人心安。

我悄悄在他耳边说，以前都是手拉手，这好像是第一次挽着你胳膊走路呢！

朋友们放出了他们偷偷给我们录的视频，从来不说场面话的他们在镜头前非常扭捏，但还是极尽所能地说了一些矫情话。到了说誓词的环节，老杨的声音有些被音乐盖住了，我盯向远处控制音响的朋友，拼命做手势示意他压低音乐。朋友听誓词听得入迷，好半天之后才注意到我的暗示，等我回过神来，才发现戒指已经交换完毕，台下所有人也被感动到哭成一堆。

后来小寒回忆，全场大概只有我一个人根本没有认真在听老杨感人的誓言了，只顾着掌控音响效果。而且，我那自以为神不知鬼不觉的提醒压低声音的手势，被台下所有人看得一清二楚。

我一直有点恐惧的敬酒环节也非常随意，自顾自许久的老战友们哪里顾得上年轻人的事。我们喝了一路的葡萄汁和雪碧却没被任何人检查，没想到走到朋友那桌时他们起了兴致，兑了两杯白酒混啤酒，起哄让我们喝下去。

伴郎林壁炫平日是个滴酒不沾的人，这是他第一次当伴郎，却没像预期中那样有什么替新郎扛锅的机会。正准备好好喝一杯的老杨爽快地接过酒杯，谁知却被伴郎一把抢过杯子，一口气替他喝下了肚。

那一刻之后的整个下午，林壁炫都遍体通红地倒在床上昏睡，再没说过半句话。

仪式结束后，我和老杨松了好大一口气，像拍完毕业短片时一般轻松亢奋。晚上喊上朋友们一起到海鲜市场边的小馆子吃结婚剧组“杀青饭”，一通胡吃海塞后又搬来两大桶生啤，一杯接一杯地喝，喝到高兴处不知谁起了劲儿，说了几句有点煽情的话，大家像被传染了般开始一个接一个哭了起来。有自顾自哭到号啕的，有几个深情抱着彼此安慰的，剩下几个喝茫了又实在哭不出来的，就执着地继续认真吃饭。

后来据很多人回忆，谁也不知道自己具体在为什么而哭，好像就是被气氛感染了。总之那一晚，大家都哭丑了，也都哭美了。

离开青岛前的那晚，我们跑去海边踏浪，雾蒙蒙的海平面上只有月光，模模糊糊的，像极了梦里的景象。我们中有人在海里踩水，有人在岸边发呆，有人煲电话粥，有人看月亮，享受着集体时光里自在的独处。我们说，不如“群婚周年日”再一起回海边来过吧！

可惜随着这些年越来越忙，大家至今还没机会实现这个约定，有些人甚至都不再联络了。

这次的婚礼没留下什么影像，我更喜欢它留在记忆里肆意展开的样子。

这些人陪我一起喝酒吃肉，一起恋爱结婚，一起把德行散到天荒地老。喝多的那晚，我的伴娘小寒写了一封信给我，她说：“那时候我觉得只要我能看见你们两个相爱着而且把爱也分给我一部分，那这个世界哪怕再烂我都好好过。”

时间、距离都会替我们见证爱情中一些很重要的时刻，这些时刻组成了一段感情里最值得被珍视的永恒。二十多岁的时候我很排斥虚头巴脑的仪式感，到了快三十反而会愈发觉得，一些重要的时刻的确需要用郑重的仪式去铭记。我很感谢自己在变老之前选择了用这种方式把这些重要的时刻变成永恒。

• 别迷信地久天长，我们也是过一天算一天 •

几年后的一天，好朋友 Irene 刚好生完娃准备正式成为一名婚礼策划师，一起喝酒的时候我随口念叨了一句，和老杨谈恋爱已经十年了啊！她一拍大腿，决定给我们办一场十周年的纪念婚礼，来弥补那场草率婚礼留下的些许遗憾。

试了一次婚纱之后我便再也没过问任何关于婚礼的细节了，本想着只是把当年那群朋友凑在一起再聚一聚，谁知到了现场才发现：这次一切都是按照认认真真结婚的样子去办的啊！

刚走进仪式现场，就发现欢迎板上写着一句话：Today，I Marry My Best Friend（今天，我嫁给了我最好的朋友）。顿时就超想泪崩了。五十个最好的朋友全部身着纯白色的衣服，扑麻成了我们的花童，脖子上挂着要送上台的戒指，现场被布置成了我能想到最美的样子。那一刻我第一次体验到“仪式感”给人带来的那种很难言喻的神圣感——你愿意调动一切感官去感受这个属于你的时刻，愿意把自己交付于爱和祝福里。

Irene 告诉我，每次婚礼的 First Look 环节都是她最期待的。新娘第一次穿着婚纱出现在新郎面前时，她见过太多坚强的男孩瞬间热泪盈眶，那是只属于两人的高光时刻。

我穿着婚纱走向老杨，走向那个最让我心安和喜悦的背影。酝酿足了情绪，谁知他转身和我对视的瞬间我俩都笑了，笑到停不下来。我像担心考试挂科的同桌一样悄悄问他：你誓词准备好了吗？

他坚定地摇摇头。我说，那太好了，我也没想好呢。结果……我太天真了！

我们手拉着手站在台上，扑麻从远处跑过来，头上还留着不知道被谁亲的口红印。老杨拿出戒指给我戴上，他说：

我一直觉得自己一生中有可能成为几种伟大的人。第一种是创造出很牛的东西，比如发明空调，结果自己选了文科。第二种就是可以无偿地去帮助别人，我自己正在向这个方向努力，但现在天下太平，机会也不是很多。第三种人……我一直觉得这辈子如果能把自己最真实的一面，坦诚地放在另一个人面前的话，那也是一种伟大。我很感谢你给了我这个机会，让我变成这样一个伟大的人。

我们在一起十年了，认识快三十年了。你比我自己还要了解我自己，比我自己还要疼爱我自己。你给了我最大的信心，让我不会对这个世界有太大的恶意；也给了我最好的安慰，让我对自己从来不会失望到底。

十年对我们来说，我觉得永远只是个开始。以后肯定还会有很多很多个十年，一直到我们都办不下去婚礼了。所以，我们就这么慢慢往下过吧。

和上次不同，这次我一字一句地听完他的话，也和现场所有人一样哭了。

现场乐队开始演奏，所有人冲到舞池中央开始热舞，越跳越不顾虑自己的舞姿。有的做起了专业的地板动作，有的喝嗨了满场飞奔，恋人们脸贴脸轻轻地扭动，一群人凑上前突然把我举起来欢呼……

喧闹的仪式之后，朋友们把已经喝大的我送回家，然后又一起去喝了顿像几年前“集体婚礼”之后一样的大酒。跑了几家店都打烊了，大家就干脆买了酒坐在 7-11 便利店的台阶上边喝边聊天。有人哭了，有人笑到停不下来：

“天啊，我们这样好像在时代广场哦！”

“不对，是哥大校园啦！”

从大学到现在，我们和这些朋友一起经历了这十年。他们见证着我们如胶似漆的恩爱和莫名其妙的翻脸，陪着我们一次次搬家，在我们每一个家里喝到天亮、睡到昏沉。

我们共同经历过很多无聊闲谈的晚上，也见证过彼此最狼狈不堪的时刻。至今每次想到他们，我脑袋里还是会回响起《蓝色大门》里孟克柔骑着自行车穿梭在夏天里时讲的那句话：“虽然我闭着眼睛，也看不到自己，但我却可以看到你。”

是啊，爱情和友情在我们的世界里一直都是无法分离的。

在这次“二婚”的现场，小寒说：

与你们认识了十年，我好像很难把你们两个从意识上分隔开来。虽然我很反感把一段婚姻里的两个人叫作一个整体，他们当然是人格独立的两个个体，但是我觉得他们俩的灵魂已经长在一起了。

我们很难分辨今天的来宾哪些是新郎的朋友，哪些是新娘的朋友。因为他们就是会分享彼此人生的两个人，而且他们俩是我所认识的最慷慨的一对伴侣。他们对彼此是毫无保留的，对朋友也是。他们是最好的陪伴者，他们家是最好的青年旅社。谢谢他们愿意把他们的爱分给我们。

我们对爱情、对婚姻都不是乐天派，在一起从来不是因为信仰爱情，而是因为太喜欢对方了。在友情里也同样如此，因为实在太喜欢大家了，所以无论在外变成了怎样的大人，凑在一起时还是那群在校园里傻哭傻闹的小孩啊。

我以前问老杨：和我在一起是不是每一秒都很开心呀？他回答：也不能这么说，但是很动情，开心和生气的时候都很认真、很生动。

萨冈给萨特的信里有这样一句话："这个世纪疯狂、没人性、腐败，您却一直清醒、温柔、一尘不染。"

虽然有点矫情，但我还是很想把这句话送给老杨：能喜欢你，真是走运呀。

爱不能战胜懦弱，不能让穷人变得富有，不能让你一无是处的人生闪光。爱没那么神奇，没那么伟大，不能包治百病。但爱有足够的能耐，让你把平凡的每一天都过得很动情。

婚姻本来就应该是一件很轻盈的事，是世界上最柔软的一块橡皮泥，可以被捏成任何我们想要的形状。也许下一个十年，再下一个十年，我们还会办一个接一个的婚礼，或许只是为了找个理由凑在一起喝个烂醉，在一个没人会笑话你舞姿不好看的场子里尽情发泄。

如果非要让我给这段婚姻加一个期许，不是至死不渝，我希望是为今朝举杯。

我需要在乎的人没那么多。

The Planet as My Disco Light

爱情
不是马拉松

记得有次和一群刚认识的朋友吃饭，酒过几巡后大家忍不住询问，为什么你会选择他呢？我时常听到这样的问题，对方无意冒犯，但能感受到言语中透露着许多不解。你不应该找个更帅、更有钱、更成功的人吗？而我好像永远无法简单几句解释清楚，能和他成为伴侣，对我而言是一件多么多么走运的事。

在喧闹的酒席上，火锅冒着热闹的辣泡，我想了想回答：因为，他是个妙人。

大家都愣住了，一时不知道该接什么话，三言两语开开玩笑，又转到下一个话题了。

我从来不是大家眼中的那个我，他也不是别人眼中的那个他，但这又何妨呢？

• 愚人节的求婚 •

学生时期的恋爱真的很迷人啊，甜得冒泡儿，连每一次闹别扭都值得津津回味。

记得和老杨刚在一起没多久，就赶上假期回家要分开，我回北京那天他来车站接我，戴了个有点好笑的新帽子，我冲上前拥抱他，撞得他怀里一声闷响。他亲了我一下，到现在我怎么也忘不了那一刻他刚冒出的一点点小胡茬扎在我嘴边的感觉，还有当时他脸上的香味儿和衣服上冒着的冬天的冷气，他嘴巴的形状，他皮肤的纹理，他眼睛里映出的光。

我们还没在一起的时候，有个周末他带我去北海公园散步。冬天的公园里没什么人，我第一次看到以前只在课本上看到过的白塔就矗立在不远处，隔着冬天的寒冷空气，真实而肃穆。那也是我第一次感觉和他走得很近，他用调成黑白的数码相机给我拍了好多照片，我跳到他背上拍了我们认识那么久以来唯一一张合照。后来那张照片一直放在我宿舍床头。

几年后，我又拉着他去了一次北海公园，我们都穿着格子衬衣，他的相机换成了尼康的单反。我们手拉手走过了许多那时候我不敢贴近他走的路，离开前我拍了一张和当年角度一样的合照。我笑着说，终于可以名正言顺地占你便宜啦！

那一年我们真的走了好多好多路，去学校周边所有熟悉的餐厅，每家店的老板都知道我们常吃的食物。

他回我的短信从几个字，变得越来越长，我也觉得和他在一起的时间过得越来越快。身边的好朋友也从喊他师哥，到凯麟哥，后来干脆就直呼杨凯麟大名了。

可我们的大学时光还没有共度很久，他就要正式毕业了。我在排练室排练，他边写论文边陪我，最后一起靠着道具沙发睡着；我给他的毕业作业做场记，在他毕业答辩的教室外等他出来；看着他穿上学士服拍毕业合影，看着他离开校园，走进成人世界。

毕业后，他在雍和宫附近一间二十平米左右的平房里开始了自力更生的第一年。我们一起去采购生活用品，和往常一样嘻嘻哈哈地聊天，他突然停下来跟我说：虽然知道现在说这个话很不合时宜，会吓到你，但我真的很想说出来。

我的心被紧紧攥住，以为要迎来一场突如其来的分手，却听到一个很不真实的声音随着汽车的鸣笛声钻到我耳朵里。他说："我真的很爱你，希望未来有机会能让你做我老婆。我会努力成为更好的人，让你毕业的时候可以不用像现在这样对未来感到不安。"

我就这样傻乎乎地站在后海边的马路上，被这完全不合时宜的告白搞得一直流眼泪。想必谁都不会知道我当时心里的恐惧其实是大过幸福的，作为一个在单亲家庭长大，也见过了数不清的糟糕家庭的小孩，我对婚姻从来没有过任何向往，也从未敢设想过我们的未来。但那一刻我才知道，他是真的有在计划。

大一结束后，回家跟老亚长谈了一番，我决定搬出学校来和他一起住了。

我们在那个不到二十平米的小房子里度过了特别快乐的时光：半夜他会拿军大衣裹着我去上公厕，白天冷到在家里哈出白气，就干脆一起到咖啡馆里写作业；在家看三四个小时的文艺片也从来不会睡着，也会下载小时候只能偷玩的游戏一起玩上好几个通宵；每周坐公交车到两站地远的火锅店吃四个小时的火锅，熏着人间满满的烟火气，从陀思妥耶夫斯基聊到菲茨杰拉德。

那时候我从来不觉得日子过得穷，想吃火锅时能抬腿儿就走，满足感就已经要溢出来了。而我没有发现的是，他已经被生活巨大的不确定性压得快要喘不过气了。

那段时间好像每天醒来都会碰到振奋人心的机会，面谈后都信心满满，然后眼见着许多事情渐渐没了音讯，许多工作开始露出不靠谱的马脚。他不得不一边坚持写剧本，一边做着很多用来糊口的工作：现场导演、婚礼拍摄、给艺考生上课……虽然每天和我一起睡下，却总是睁眼看着天亮。

家附近有一家球鞋店，我们回家路过时他看中了一双黑色的耐克，我一直说喜欢就买，他却坚持说没必要，自己的鞋足够穿了。后来有一天我偷偷买回来送给他，却在他目光里看到了无比的沮丧。

他紧紧抱住我，告诉我说：今天在过马路的时候，突然闪过很想冲进车流里死掉的念头，这种想法让他感到很恐惧，他只能一直一直想着我的脸，才一步一步艰难地走回了家。

当年的我根本不知道该怎么处理这种情绪，甚至不知道他的绝望源于什么。我不懂为什么有爱人在身边还会感觉孤独，为什么有工作在忙却总是觉得焦虑，为什么明明有大把时间却总觉得局促……直到自己毕业那年，这一切困境都汹涌而来了。

我们两人的毕业作业里，都写了一个想要出人头地的小人物，他们都曾是生活里的堂吉诃德，用天真的勇猛对命运负隅顽抗，但最终还是没能走出那受限于自身无能的困境。

我俩也有着很类似的处境：畏惧平庸却不够天才，带着天生的自卑和不安，自尊心却极强，也没什么可依附的资本。虽然所拥有的一切都是自己一点一滴徒手搭建起来的，但还是觉得生活里的无望多于希望。

我拍毕业作业那一个月，他几乎推掉了所有工作来帮忙，在五十多人的组里扛起了制片主任和副导演的工作，陪着我几乎不吃不睡地拍了七天。在杀青宴上，大家都喝了很多，他像喝水一样一杯杯地灌白酒，我也由着他宣泄。

后来他在我面前哭了，那应该是我第一次看见他掉眼泪。我紧紧地抱着他，告诉他一切都会好起来的。他说我们结婚吧，我点点头。

第二天醒酒后顶着剧烈的头痛，我们才想起昨天是愚人节，那次非正式的求婚也被我们默认为愚人节的玩笑，很默契地没有再提起过。

• 除夕夜的分手 •

虽然结束了学生时代天真烂漫的恋爱，但我们并没像彼此所担心的那样变成了被柴米油盐所消磨的大人，还是把并不富裕的生活经营得有滋有味。

几年后，我放弃了编剧的工作开始尝试做自媒体，他还继续在那个残酷的行业里摸爬滚打。他经常会在结束工作后跑到我们租下的小办公室里，陪我熬夜赶稿，然后一起去 7-11 便利店买一碗关东煮，在车里狼吞虎咽地吃完。

即便没办法像以前那样总是有大把时间黏在一起，但这种能够给予彼此自由的信任感还是让我觉得很满足。

2018 年恰逢我的事业上升期，那一年我几乎三分之二的时间都在满世界出差，时常拖着箱子刚进家门又要换另一个箱子再出发，算下来，我们一年待在一起的时间只有不到两个月。那也是他开始创业的第一年，我偶尔休息也经常赶上他连轴开会，许多以前总能凑在一起聊的话找不到时机去讲，因为顾虑对方担心自己，拿出来分享的心事也越来越少。

那一年看得最多的就是他来机场接送我时的背影，以及不同时刻的午夜机场。他总说，我们好像不可能再像以前那样黏在一起了，每次要来接送你，是因为在路上还能享受一段不错的相处时光。

然而这少数的相处时光，也时常被我用来回复信息或者赶稿了。

有一次他在开车的时候跟我说："你看，现在家里什么都有了，就是没有你。"

那一年他的工作也有许多不顺，一个团队的人等着他出去谈项目、发稿酬，他不愿意把工作上的烦恼带回家里，但我们的生活已经分明被各自工作里的烦恼填满。能聊的话越来越少，吵架却越来越多。

我是个极度容易放弃的人，以前每次吵架的时候都特别横，动不动就觉得分开算了。但其实慢慢意识到，那个在感情上一遇到困难就想放弃的我自己，可能才是面对分离时会更崩溃的那一方。

以前每次吵架都是因为没什么因果的小事，也常常因为一些荒唐的瞬间而化解：他离家出走时拿了我最喜欢的购物袋，或者我大哭时吹出来的鼻涕泡泡，都会让吵架时严肃的防线崩掉，瞬间破涕为笑。但那一年，我们吵架的频率越来越高，持续的时间也越来越长，有一种很难驱散的疲惫感一直包裹着神经。

其实大多数时候对彼此的敌意，都来自无法疏解的自我厌恶，觉得眼下的生活有很多的地方不对劲，却没办法停下来好好思考。后来老杨说："每次跟你吵架时，并不是真的在气你，而是觉得那一刻的自己很糟糕啊。”

这一切琐碎的情绪积攒到过年回家的那几天，终于还是爆发了。

我们决定长谈一次，却并没让事情变得更好。大年三十当晚，我们彻底吵崩，老杨买了机票决定先回北京，让我们分开冷静一段时间。

他离开家后我整个人愤怒伴随着焦灼，一遍一遍打电话给他，最后不得不使出了撒手锏：既然当年在一起，现在要分开，家人也有知情权吧？

在一起这些年，大大小小的争吵其实并不少，但从未把我们俩之间的事上升到需要家人知情的地步。而这次，我决定孤注一掷。

半夜四点，我和老杨坐在了客厅里，老亚和谢老大（妈妈现在的丈夫）被我们叫醒参与谈判。

耳边是他很沉重的呼吸，看着他紧锁的眉头，我努力压制自己颤抖的声音，跟他们讲完这一年我们所经历的变化。心被一只挣脱不了的手死死攥紧——你看，我们终究还是变成了自己最怕成为的那种大人，为了一些根本不重要的东西，让轻盈的感情不断加重，最终压垮了彼此。

前言不搭后语地说了很久，如今只记得最后讲的那句话：“很抱歉让你们失望了，这次……我们可能是真的走不下去了。”

老亚听完之后并没有表现出任何吃惊和慌乱，只是淡淡地说："都吵成这样了，你们还是说不出什么彼此的坏话呀，都在讲自己身上的问题。"谢老大点点头应和："嗯，看得出来你们还是很相爱的，相爱的人遇到再坏的情况也是很难分开的，如果真的不爱彼此了，分开也不需要这么艰难了。"

最后两人总结，是否选择继续在一起始终是我们自己的事，他们不便参与，只能作为旁观者说出真实的感受：尊重你们的一切选择，只要确认不是被情绪控制才做的决定就好。

那一刻我突然想起老杨曾经说："我想我会一直很爱很爱你，把你当作一个值得被爱的人那样爱你，无论未来我们是不是在一起，都不会改变这件事。"

经历过那次让我们元气大伤的吵架之后，我们冷静了几天，也开始试着暂时放下手机中那些没完没了的工作，安静相处。一起尽情浪费时间，不再顾虑身材地大口吃饭，像以前一样一部接一部地看电影，把那些藏住不说的委屈和心事都掏出来晒了太阳。

晚上一起遛狗的时候，我告诉他，其实每次感受到很强烈的不安，我都会握一下他的手或者碰碰小狗的肚子，去感受他们身上最柔软的地方，这股力量总能帮我增添面对人生许多不如意的勇气。

那一年，我见证了身边很多人的分分合合，亲历着特别相爱的人因为客观原因无法在一起，或者在一起很痛苦的人又始终无法分开的各般纠结。我依然无法相信永远，依然认为天长地久的诺言是最让感情不自在的裹挟。但之后每每因为冲动想要放弃时，都会提醒自己：我们要站在一起面对问题，而不是带着问题与彼此为敌。

• 三十二岁的生日惊喜 •

其实跟老杨相处的时间越久，我越觉得对他的喜欢似乎与伴侣这层身份无关。他始终是我在这个世界的靠山，是阴暗角落里飞出的萤火虫。我甚至可能不需要完全拥有他，但如果有一天他不在这个世界上了，那会是我最绝望的时刻。

这种感情很难解释清楚，时常从一些微小的细节中生根发芽，让我愈发笃定。

前几天和老杨去朋友家吃饭，席间五六个女生嘻嘻哈哈地讲了不少话题给“直男”戳刀。老杨笑呵呵地听着，偶尔说两个自嘲的段子。

饭后他主动包揽下了刷碗的工作，等我们再进厨房的时候，他已经刷好、擦好，把餐具统统放到了架子上。后来又切洗好了水果，细致到连桃子都是削皮切好的。

同席的姑娘笑他是不是想给我长面子，太能表现。我回想了一下，从十几年前在一起的第一个家，凡是请朋友做客吃饭，备菜洗碗永远是他揽过去的事，无论我怎么争抢都没让我做过一次。而我却从没意识到自己是被他的呵护娇惯着的……

后来我问他，有没有觉得委屈或者厌烦的时刻，他笑了笑回答：谁都会更想在伴侣关系中成为被照顾的那一个，但他每次想偷懒的时候，都会因为担心我辛苦而有所克制。偷懒和发泄所带来的愉悦，并无法超越担心给他带来的困扰，所以他还是选择了“更自私”的方式来处理我们的分工。

于是，在我们抚养狗子扑麻的九年多里，无论吵架、暴雨大雪、生病还是喝大酒，他都从未因为任何原因而少带扑麻出门玩过一次。每次早上快递员敲门时，他总是按住我自己先起身的那个人。他所做到的，是让一段关系里有更多“彼此”，而非“你我”。

爱别人这件事，挂在嘴上简单，挂在心上也不是那么困难。难的是做的永远比说的多，难的是在日复一日中维系着天真的喜欢。

这几年我的工作渐渐被越来越多人瞩目，许多人对他的称呼变成了西门大嫂的老公，他在自己领域中的成绩总会被不经意地忽视。我们时常听到越来越多评判的声音：为什么不让老杨放下自己的工作多陪陪你？你赚那么多钱，他干吗还要辛苦奔波？到底是想经济独立，还是不愿意承担太多的责任？

他却从不试图反驳任何偏见，还会在我憋红了脸要辩解时表示：“我需要在乎的人没那么多，只要这不是你的想法，那对我来说就足够了。”

所以每次有人问我怎样才能维持爱情长跑中的新鲜感，我都只能不负责任地回答：大约是靠着悉心维护的平等和不可否认的运气。

爱情对我来说从来不是一场需要坚持的马拉松，而是一种很轻盈很放松的存在。是聊天聊对味时的心头一紧，或者是……永远比你所期盼的更早一步的疯狂决意。

满三十二岁那天，我被繁忙的日程安排压得无心渴望一个假期。那几天刚好接到一个要去日本出差的工作，老杨竟然破天荒地说要陪我一起去待几天。

到达东京时，我才发现这是从不擅长浪漫的他精心策划好的生日惊喜。

在这之前，我们已经有段时间没有一起出去旅行了。有次聊天的时候，我回忆起三年前和朋友一场抬腿就走的旅行：因为看到了一篇关于越后妻有大地艺术节的报道，我们几个人临时起意，飞到日本后又辗转找到了十日町，去往那个平时人烟稀少的小村落，开着车跑了一天的展览。后来在一家无意间路过的店里吃到了一碗超级美味的荞麦面，那个味道一直留在了我的记忆里。

本以为那是一辈子只能邂逅一次的味道，却在许多年后的一天，因为我无意间说起如果有机会再回到那里吃一碗荞麦面就好了，老杨便联合同事一起瞒着我，策划了这一场生日特供的“寻面之旅”。

很久没有一起出门旅行的我们，在这仅仅三天的旅行里，像是刚放暑假还不用写作业的小孩一般争分夺秒地玩在一起。

他寻着当年残留的蛛丝马迹，借助朋友当年从当地买回来的一本日文书，千方百计地确认了那家并不知名的面馆所在，并且早早预约好。我们到达东京后，打车、坐地铁、换 JR 线，数不清换了多少种交通工具，才好不容易到了十日町。

这么费劲才吃到的荞麦面，我当然不会辜负，一口气狠狠吃了两大份。摸着即将爆炸的肚子，还没离开就开始狠狠回味这做梦一样的经历。

离开面店的时候，下了大半天的雨突然停了，店外是绿到刺眼的草地。我们坐着等车，四周安静得只听得到蝉鸣和汽车偶尔飞驰而过的声音。

那一刻我好像被定格在是枝裕和的电影里，在这百无聊赖的午后，所有日常的小细节都变成了可以被津津乐道的动情画面，看着别人如何打发时间，来打发自己的时间，在心中和每一位不相识的过客默默击掌。

想起当年来到这里的时候，同行的一个朋友突然哭了，我们所有人都在笑她矫情，她自己也忍不住承认是有些莫名其妙。后来她说，大概因为觉得当时那一切都太美好了，但也知道再也回不来了，这是一场一期一会的旅行啊。

我坐在这里拍下眼里的画面发给她，我说："你看，这不是又回来了？！"

结束了这场任性的旅程，我又回归了现实世界，把这些新鲜栽培的记忆小心安放起来。毕竟这些都是日后的疲惫时刻里，拿来振奋我们软弱意志的冰啤酒啊。

2020 年的春节对每个人来说都是无比艰难的，席卷全国的疫情暴发，一夜之间几乎所有人都被困在家中隔离，也困在了不可知的恐慌里。不幸之中唯一幸运的是，很多相爱的人都同我和老杨一样，有了一段非常奢侈的时光每天腻在一起。白天各自工作，晚上做饭看剧。

有一天我在家整理东西，从钱包里掏出了自己藏的老杨从小到大不同时期的证件照。一张张摆出来细看，才觉得自己也算见证了这个方头方脑的小哥哥，从出生到娶媳妇的全过程了。

我愈发觉得和他在一起的所有时光，都布满了很值得珍视的温柔。有这样一个人，他总是喜欢你最本原的样子，愿意为你的每一点进步欢呼，也从不用自己的经验对你的人生随意指点。

我跑过去抱住正在奋力码字的他说："你永远都不要成为让

我失望的人啊，不然我会什么都不再相信的。”

他停下来点了点头，一如既往地快速融入我这想一出是一出的矫情戏码。

“我的意思是……永远不要试图做一个完美的好人，不用道义束缚欲望。希望你想做任何让自己快乐的事情时，都能立刻去做！”这才是不让我失望的意思。

他摸着我的头笑笑说：“傻啊，说不定做个好人就是我的欲望呢？”

他穿着毛茸茸的居家外套，我紧紧抱住他，把鼻子埋进他脖子里，使劲呼吸这个越熟悉越不舍得离开的气味。

我们总是在过去探头探脑地张望未来，试图多捕捉一些笃定。后来慢慢发现，一些曾坚信的事情也会变得动摇，一些很计较的事情也可以变得不再重要。

爱情可以是生命里的一道主菜，也可以拿来调味，但一定不是那场要费尽心力才能跑完全程的马拉松。如果暂时没有人来相依为命，不如先试着练习独自打怪。

再混蛋的爸爸也是爸爸。

The Planet as My
Disco Light

不是所有爸爸
都是超级英雄

徐静蕾的导演处女作《我和爸爸》，是我和爸爸一起看的。叶大鹰有一场戏演得极好：他约自己许多年没见面的女儿来家里吃饭，正上大学的女儿带来了一个不怎么样的男朋友，男孩看着朴实，但浑身散发着没出息又有点自以为是的小市民劲儿。叶大鹰看他不惯，夹枪带棒地埋汰男孩“别以为苦出身就朴实，长得拧巴就不花了”。最后女儿和爸爸吵了起来，气走了男友，爸爸却意外地温柔下来，带着有点心酸和半开玩笑的语气说：妞儿，再混蛋的爸爸也是爸爸啊。

我依稀记得当时我爸眼前一亮，好像听到了一句顶着高光的至理名言。他戳了戳我，指着屏幕说：你看，再混蛋的爸爸也是爸爸。

许多年后我想起这一刻还是觉得很逗，他那时候到底是已然觉得自己有点混蛋呢，还是正琢磨着如何留后路呢？

后来电影里的爸爸，也就只断断续续地出现在女孩成年后的生命里了。但如今我依然记得这部电影里无数的细节和女孩面对爸爸时，脸上每一次细微的抽动。大概因为那时候的我，实在无法从任何地方获知到底要怎么应付这样一个形象的爸爸，于是很开心从电影中找到了共振和慰藉。

其实没多久我就知道了一个更残酷的事实，电影里那句话还有一个意思：再混蛋的爸爸也会爱自己的小孩。可其实我爸爸并不，他的爱实在太有限了，自己又太需要被爱，于是小心分配下来，能留给小孩的部分已经所剩无几。

但我的爸爸老张，始终是一个让人爱不起来，也恨不起来的人啊。

• 月亮与六便士 •

老张出生在部队大院里，爸爸妈妈都是军医，又只有一个妹妹，作为家境还不赖的一根“独苗”，他受到的宠溺自然不用多说。

他从小就是个欲望被纵容惯了的人，十几岁的时候要玩具还是躺在地上打滚，看别的小孩家吃菜窝窝头，越看越馋，就从自己家里抱了一堆馒头去换来解馋。后来长大了，他又用嘟哝加耍赖的方式，成了在那个电视都不太普及的年代里率先买到录像机的人，又成了那个人人都骑自行车的年代里早早骑上摩托车的人。

所以当他主动提出想学画画，家里只是本能地表示支持。

奶奶买来新鲜的水果布置好静物，备好最周全的颜料画布。当时部队大院里想学画画的小孩有许多，但因为在那个时代，画画是一门成本高昂又极为不实用的手艺，所以根本没什么家庭是能支持的。

这群梦想无处安放的孩子，就会一股脑儿都挤到奶奶家来和我爸一起临摹静物，练习画画。

但让所有人都没想到的是，老张在画画这件事上表现出了和以往截然不同的耐心和持久的兴趣——他会在冬天跑到山上写生，会用大把的时间去不断练习最最枯燥的素描，会把自己关在房间里一本一本地看完画家们的传记。

我不知道一个人能在合适的年纪发现自己的天分，并恰好与自己的兴趣吻合，还能得到家人支持的概率到底有多大，但这一切都在老张的生活里不经意地发生和继续着。现在想起仍然觉得他很酷的一点是：始终没让兴趣成为自己谋生的工具。

高考那一年，他拿到了中央美院油画系专业课很高的成绩，文化课失利后所有人都劝他再战一年，他却毫不犹豫地选择了山东工艺美院，留在了老家。毕业后他和朋友跑去西藏写生，带回来一堆荒唐有趣的故事和几幅非常完整的油画作品。

我至今还记得一幅挂在家里的小画中的全部细节：一个有着宽厚背影的西藏女人正俯身下去，像拾捡稻田里的粮食一样扶着自己刚开始练习走路的小孩。他们穿着大红色和藏蓝色粗布裹成的衣服，远方的太阳在湛蓝的天空中切割出裂痕，天空和麦田形成了最质朴而好看的撞色……人物、衣服的肌理，侧脸的轮廓，以及饱满的颜色，让这个来自异乡的陌生背影驻留在了我的记忆里二十多年，甚至会更久。

结束了写生之后，他便不再画画了，他爱上了摄影。

那时候他刚好顺利地进入了我们老家待遇优渥的事业单位，开始拿着相机穿梭在各种政府会议和单位活动之间，每次拍摄完，胶卷总会剩下几张，他会回到家里，让我妈妈叫起正在熟睡的我，用剩下的胶卷给我们即兴创作几张。所以在童年的大部分照片里，我都是张嘴大哭或挂着眼泪蒙圈的状态。但这并不影响老张的创作热忱，他喜欢抓拍真实的瞬间，除了工作之外，他只拍他想拍的。

所以我即便从小到大的照片非常多，在镜头面前大部分时刻也是个看起来情绪非常多变的小孩。爸爸给我拍照到十四五岁，从来没有在我穿着整齐、摆好微笑、期盼他按下快门的时刻留下过任何一张照片。

但老亚就不同了，从恋爱到怀孕，他把她最好看的时光连同那些年轻生动的雀斑一起，留在了我们的家庭相册里。

那时候家里有一个小阳台，他改造成了自己的临时影棚，用从云南买回来的扎染粗布和大草帽包裹住老亚。下午三点的阳光照射在老亚齐腰的长发上，她像姜文电影里拍过的那些被少年们追逐的女性那样，是男孩们勾勒着金边儿的梦。

那时候老亚不仅是他的缪斯，也是周围一群文艺青年仰慕的对象。

老亚和他在一个院里长大，小时候整天在家长眼皮底下玩在一起，长大后却背着大人们谈起了自由恋爱。

老亚在医院工作，下夜班后总能看到老张骑着自行车来接她。他们一起买书，一起写读书笔记，看画展，看电影和演唱会，他们一起看中国摇滚史上第一个MV，再后来老张真的带她去了崔健的演唱会。他们和许多志同道合的朋友整天玩在一起，经历了属于青年们的、最最美好的80年代。

在他们分开后许多年的某一天，我和老亚谈起他们的爱情，她依然说，在十几岁时和老张恋爱结婚，至今回忆起来都是一件很美好而且不后悔的事。

老张在每个阶段都有他乐于深耕的爱好，他每年都会定期到北京看一圈展览，然后带回来成堆厚实而沉重的画册，和宜家瑞典肉圆上插着的牙签小旗子给我。他研究古典艺术也研究广告设计，他读柏拉图、尼采也读弗洛伊德和加缪，看完了全套米兰·昆德拉也热爱毛姆，他会把一整套的胡适文集从北京背回家，也没错过海子和王小波绝望的浪漫。

也是在他的影响下，我没看过古龙、金庸和世界名著，倒是从毛姆、张爱玲、苏童、余华、陈丹青这些人开始搭建起自己的阅读体系。

他甚至在我刚开始学画画的时候就买来塞尚的画册塞给我，说：塞尚的苹果才是世界上最好的苹果，你看看它们的颜色和肌理，别看那些没用的“废柴”教学画册，这才是你最好的老师。

那时候我还没读过塞尚的故事，还真以为他只是个普普通通的外国画家，靠出画册、教学生为生。我每天反复看着那些苹果里旋转的奇妙色彩，看着弯曲顿挫得刚刚好的线条，又顺藤摸瓜从老张的书架里找到了一些画册，认识了毕加索、达利、席勒、克里姆特这些天才朋友，也读了很多他们的故事。

直到后来我也没参透，这些画家怎么能把自己人生里那么多浓烈的感受，安放在许多平凡的事物中。塞尚画圣维克多山，画画室里的各种瓶瓶罐罐，画老婆和邮差；凡·高画他的卧室和最爱的小酒馆……许多人用一生来研究他们的作品背后的故事，探究他们落下画笔时细腻的心境，但其实他们的表达果真有那么复杂吗？

后来我慢慢理解到，很多艺术家的创作除了谋生之外，真的仅仅是为了表达自己的感受，而不是影响他人的感受。而从中参悟到的那些“隐喻”，是我们从中挖掘的良药，用来治愈自己罢了。

而老张的思维里比较有意思的地方也是，他很少挖掘任何事物背后的意义，只追求当下的感受本身。

比如有时他喝多了酒回家，会把我拉到一个不知从哪里淘来的不值钱的古老花瓶前，指着上面的花纹说：“你看古人画画的时候有多自在，才能把这些线条画得这么流畅、这么好看。”然后自顾自铺开一块牛皮纸开始画画，有一次还干脆画在了墙上。

他说，你以后总会明白，无论音乐、绘画、文学还是电影，都是一脉相承的！我会安静地看着他的笔触，以及那些四处迸发着不经意的天才的线条，小心地呼吸着他周围暖烘烘的酒气。

不得不说，他虽然在生活里是个很娇气的人，但在某些和喜欢的事物有关的时刻，还是比较硬气的。记得有次我陪他在工作室拍一组摄影作品，为了找到合适的光线，他眼睛直勾勾地盯着前方感受光影的细节。当时空气里的燥热是非常磨人的，他额头上的汗径直滴到了眼睛里，但整个人竟然一动未动，完全没有眨眼，任由汗液刺痛眼睛。

这个画面会在很多次我想起他的时候莫名闪现出来，我的爸爸从来没成为过我的英雄，但好像在那个时刻，我觉得有这样一个爸爸还是挺酷的。

在我们关系最僵硬的那几年，他的爱好又从摄影转移到了电影上。他把家里的录像机换成了 VCD，又换成了 DVD，买了大量的碟片，塞满了整个房间，我跟着他看完了在那个年纪根本看不懂的 Dogma95、大卫 · 林奇……

我们一起看《美国美人》时，里面有一个片段：一个塑料袋在城市里慢慢地飘零，从车库飘到街道，在摄影机的注目下消失。我爸当时看得眼眶湿润，他指着电视跟我说，拍得真好，我眼前的人生就是这个样子。

那时候我并不知道什么叫中年危机，但那一刻感到了切实存在的恐惧，特别怕自己也走进人生里那个觉得自己会像飘零的塑料袋一样，无声无息消失掉的阶段。

不知道是不是热爱电影的日子给了他一些激励，老张在快四十岁的时候突然决定报考中央美院摄影系，并只身前往北京读研。

那几年他和我的关系缓解了不少，每个假期他都把我拉到北京看展，和许多时候都不知这些艺术品所云的我讨论感受。他自己过得也还算开心，每天都沉浸在课堂里大量吸收知识，专心创作，还一不小心成了学校里的传奇人物。

跟大人一起吃饭的时候总听他们在美院任教的朋友开玩笑说：女学生们最近很迷一个大叔，经常穿着颜色不一样的袜子，或者不是一对儿的鞋子，早上匆匆忙忙跑去上课，酷得很！老张一边咧嘴笑着一边挠头，露出他间距很宽的牙齿说道："咳，我这不是起得晚，一着急老穿错嘛！"席间所有人都哈哈大笑起来。

他身上总有着难以复制和描述的人格魅力，旁观者会着迷于他憨厚真挚的人格、恰如其分的幽默感，才华横溢又毫不功利。亲近他的人，和他的关系则会被他的自私自我、喜怒无常、混乱的原则和糊涂的道德感所消磨。

毕业后，他成了班里唯一一个没有选择留在北京而毅然回家的人。没几年之后，他和老亚离婚了，不多久后就再次组建了新的家庭，生下了一个女儿。

那时候我很不理解，一直哭着喊着要自由要爱的老张，为什么会在重获自由后立刻再婚呢？很久之后跟朋友聊天，她说的一句话让我对这件事想通了一点：人有做自己想做事情的自由，但却没有逃避自己选择结果的自由。

老张以前最常跟我提及的一本书就是《月亮与六便士》。众所周知，书中的主人公原型就是高更，他突然间抛弃妻子，放弃生活中的一切安稳甚至名誉，独自跑到塔希提岛上建立起新的生活，后来成了一名伟大的画家。毛姆写道："追逐梦想就是追逐自己的厄运，满地都是六便士，他却抬头看见了月亮。"

很神奇的是，在所有的选择中，老张既没有捡起六便士，也没有一直仰望月亮。

有一年我去办公室找他，他画了数不清的画，整整堆满了一屋子。有油画，也有刚开始钻研的国画，每一张都画得特别好。我们聊了些无关痛痒的事，临走时我看到他的被子和一些生活用品堆在办公室的一个角落里。

他依然并不想从自己看似乏味的公务员生活中挣脱出来，而是拿着相机游走在大小不同的会议上，给领导们拍下大同小异的照片，然后再钻进自己的欢乐小屋里用艺术来消遣。

既有的天分不会困住他，远大的欲望也无法吞噬他，他不想超越任何人，也不想顾虑任何人，只期盼自己能过得安稳舒服。

• 我爸爸胆小如鼠 •

爸妈离婚的真相，我是在察觉他们离婚很久很久后才有胆量问的。当时在那个厨房和客厅合为一体的家里，我坐在桌前瑟瑟发抖地问老亚，你们离婚了吗？

“嗯，快一个月了，但是不知道该怎么跟你说。”

当年我初中住校，一周才回一次家，没有察觉这件事也不奇怪。我告诉她，我并不因为离婚这件事而感到难过，不被告知才是最让我难过的部分。

那周五晚自习结束后，老张开着那辆大吉普车来接我，上车后他就一言不发，虽然以前每次接我话也不多，但那天我感受到了他极大的不耐烦，这种不耐烦给我带来了排山倒海般的压力。于是我开始碎碎念个不停，讲学校的事，讲宿舍里有的没的女生八卦，他的气息听着越来越沉闷，于是我就闭嘴了。

当时我只能一直盯着车窗外挂着的雨水，它们在前方一排排接小孩回家的车红色尾灯的映射下特别迷幻。我开始想象哪辆车里面有我的同学，他们是不是也正处于和我相似的尴尬中，还是聊得正热络。

到家后他放我下车，我说：你不回家了吗？他摇摇头说要回单位睡。我又问：那明天呢，后天呢？他说：应该都不回了。他好像要再说一句什么，又咽回去了。

他上车关门离开，我很清楚地记得自己当时心里的动荡。不是被遗弃的委屈感，不是不明真相的愤怒感，而是略有些扭曲的解脱感。

后来老亚和我搬进了新家，在整理东西时我翻出来他送我的为数不多的几件生日礼物：一本毕加索的版画画册《黑白意象》和一个轮胎形状的小笔筒。我贪婪地拿了很多书架上想要的书，把它们整整齐齐地封在了纸箱里。

下午出门见朋友回来，推门走进卧室时突然发现几个箱子都被打开了，里面的书零零散散地摆了出来。我大吼着叫来老亚，老亚很为难地说，下午老张来了说要找几本书，就让他进来找了……我发疯一样地去翻，发现很多书都被带走了，包括他送我的那本《黑白意象》。

我一边哭一边拿起电话拨过去，老张接起后被我仿若撕扯的声音吓傻了，隔着电话的噪声，我依然能感受到他满心的无辜和不解。“是我送你的吗？我真的不记得了。我给你送回去就是了，不至于的……”

“所有……你拿走的书，全部……送回来！！全部！”我失控到一边抽泣，一边一字一句地发号施令。他发出了一声长叹，大概满心想着这小孩太过分，但又没了管束我的权利，便只能委屈应承了。

他如约把书送回来了，我躲在房间，听到他离开的关门声后才肯出去清点。自那之后大约一年的时间，我们彼此间再无任何音讯。

其实我那一年每次去老亚单位找她要走的那条路，离老张住的地方都不远，所以一直都有点害怕冷不丁在路上撞见他。

那年夏天热得离谱，我“哼哧哼哧”地在路上走着。那段路要爬一个好长的坡，我正鼓着劲儿要开始那段“征途”，突然听到身后传来按喇叭的声音……我好像预感到什么一样，先是心头一紧，然后加快步速，身后的车果然慢慢开到了侧面。

我转头看到老张一边拍打车门一边咧嘴大笑，露出他缝隙很大的牙齿，上面的烟渍看着更重了。他说：“太巧了，竟然碰着你了！去哪？我送你！”整个过程流畅到像邂逅了一个不常联系的老朋友一样自然。

当时已经分不清自己的情绪是愤怒、委屈还是恐惧，不知所措地拔腿就跑。他踩油门来追我，一边追一边问我:“干吗呢?啥意思?”

那个画面现在想来都很荒唐，后来我跑不动了停下，他踩住刹车，满脸不高兴地责怪我太没礼貌了，见到爸爸也不打招呼。然后嘟哝了几句“有空去看看你奶奶”“别那么不懂事”，挥挥手踩下油门开走了。留下我站在马路边看着他的吉普车喷出乌突突的尾气。

见到老亚后我放声大哭，那痛哭之惨烈，在她工作的医院氛围里真的被烘托得很奇特。那一刻有很多很多小时候的画面，像被打翻的颜料桶一样涌到一起，色彩斑斓又浑浊不堪：

小时候我们拍照的时候我亲他的脸，他本能地挤着眼睛躲闪……

他送我上学前去车库取摩托车，他问我怕不怕壁虎，能不能帮他把墙上的壁虎赶走，因为他有点害怕……

他带我去海边拍照，带我们去海洋公园看动物……

他给我听摇滚乐，他在电影院闪烁的银幕前流下眼泪……

他一边开车一边因为练琴的事骂我，说自己苦苦接送浪费了那么多时间还练成这副鬼样子……

他说我是扫把星，他赶我下车，他在暗房里教我洗照片……

他告诉我老亚出轨，我堵住耳朵大哭，他把我的手从耳朵上拿下来继续说、一直说、不停说……

他用饭团给我捏了小刺猬，他教我做了一个很漂亮的灯笼……

一直以来我心里那个很㞞很怕的包袱一下子被扯开了，冒出来一个既野蛮又委屈的灵魂在大喊：从我的生活里滚蛋吧！我们各自安好，然后老死不相往来。

虽然之后真的再没什么往来，但有些奇妙的关联还是时常闪现在我的生活里。比如我时常盯着自己跟他长得一模一样的小手指，觉得突兀又好笑。比如我性格中很多挺讨厌的毛病，挺多闪光的小聪明，都能从我所认知的老张身上找到印记。

后来搬家时，我擦干净书架，把那些抢夺回来的战利品从箱子里拿出来分类摆放。它们身体上带着纸箱的灰尘，在阳光里慵懒地躺着。我随手翻开一本读，忽然看见每页都用铅笔勾画了很多很多句子，恰好每一句都是我也很想记录下来的感受。

我看着这些歪扭着延伸的线条，看着从此由我独立拥有的书架，感觉开启新生活的亢奋感涌遍全身。

高三我独自来北京参加艺考、读书，毕业后在这里慢慢扎根，在这里构建起自己的生活脉络。想起很早之前我问老张：为什么从美院毕业时你有那么多别人看红眼的机会可以留在北京，还是决绝地选择回来？

本以为他会借用舍不得家之类的说辞，但他还是用不食人间烟火的语气表示：在大城市打拼好辛苦啊，我才不想把我的人生搞这么累。你不要觉得我需要为了你去奋斗，你也不要为了任何人的期望去干吗……人能管好自己就不错了，没道理要为那么多人负责。

终究没能学成他身上的那份潇洒，就算花了这么多年治愈自己，但每当沮丧或消极的时刻，这些不堪的记忆就会赤裸裸地涌出来吞没我。但本来就没什么伤痕是能被治愈的，只能慢慢学会与它们共处。

大学一年级的散文课，有一个写了很多遍的题目叫作《我的父亲母亲》。有一次我写了和爸爸抢书的那个故事，被叫上讲台读。到了全班点评的时间，剧作老师问："你们都感受到什么了？来说说。"大家七七八八说了很多，老师说："哎呀，其实写得最好的一个点就是，她爸爸根本都不爱她嘛。"

那一刻，说实话，我反而有点心头大石被搬开的感觉。好像我终于可以直面自己其实也并没有那么爱他的事实了。如果不是因为血缘让我们产生了无法拒绝的关联，我们可能都不是彼此愿意选择的爸爸和小孩吧。

后来我陆陆续续听到过他的一些消息，他好像还是在为老亚后来和他当年最好的朋友谢老大在一起了这件事赌气，但也会带着新的女儿去医院找老亚的旧同事看病，听说他好像依然还是个不太耐烦的父亲，但比以前更顾家了。

那年我刚毕业，跑去跟剧组。风吹日晒、没日没夜之外，还要处理各种搞不清的人际关系，压抑到第一周每天回房间后都要痛哭一顿，哭到累了才倒头睡去。

有天我突然接到一个不认识的号码打来的电话，接起来听到那头传来老张的声音。我是反应了一下才知道是他的，他的语气听起来，好像仅仅是在我睡午觉时出门遛了个弯，回家后推门叫我起床时的感觉。他聊起自己最近看的电影，聊哪个导演江郎才尽，过得太堕落了，又说到要跟我一起合作拍一个特别牛的片子，他做摄影，我做导演之类的。

我应对了几句后实在没了耐心，我说：爸，我要工作，要养活自己的，你以后真有事情找我再打给我吧。自那之后，他就再也没打电话来了。

直到几年前我办完婚礼那晚，我再次接到了老张醉醺醺的电话。他骂骂咧咧又语无伦次，大约是说，你不要以为自己翅膀硬了，你以为连爸爸都没来参加婚礼的婚姻真的会幸福吗？

奇怪的是，我心里超级平静。我回："老亚不是邀请你来了吗？你自己还在赌气不肯来嘛。"他又反反复复地说了些不顾及责任也没什么逻辑的醉话。我看看跟朋友约去喝酒的时间快到了，于是跟他说："我先挂了，你下次有种一点，至少在清醒的时候再给我打个电话吧。"

那是我们到今天为止最后一次讲话了，后来不久我做了一个挺危险的手术，住院时也隐隐盼着他会出现在医院，但他也就这样彻彻底底从我的生活里退场了。

如今，我们分开的时间快要赶超我们相处过的时间了。到现在还是会有很多人小心翼翼地劝我：老张是个好人，爸爸还是爱你的，喝多了酒经常提起你，他只是不会表达，你主动联系他一下嘛，毕竟血浓于水，毕竟你是晚辈……我从来都不做任何回应，安心扮演一个自私冷漠不懂事的小孩。

以前我总觉得，对他最大的惩罚就是让他缺席我的成长，让他无从再知晓我是一个怎样的人，在想什么。后来发现，他也并不关心我在想什么，他仅仅是在应对自己世界里的那些波澜。

很多我们称之为伤痕的东西也未免过于理想主义了。大人给予过我们童年，也夺走过我们一部分的童年，这其实还算公平。

上一次想起他，好像是前段时间在飞机上重读陈丹青的《纽约琐记》，里面写到他在篮球场上遇到了一个年纪很大的学生，并长聊一番的故事。

老张的确跟我讲过，一次他在学校操场上邂逅了陈丹青，四十多岁的老张跟不到五十岁的陈丹青说："偶像，我是看着你的画长大的！"我忍不住笑着合上书在心里感叹：这也太像他了！

上学时拍视频作业，朋友总说我的短片里永远有一个"不在场的父亲”。这种消失的情感很微妙，称不上痛苦但也无法回避，是一个烙印，一个不算丑陋的伤疤，一个无论如何云淡风轻地回避也总会萦绕在生活里的安静的存在。

还记得2000年世界末日预言的那一天，我爸出门后很晚不回，我躲在被子里一直哭，所有感觉都被放大了，听到窗外传来的每一个声响都觉得是他。我心想，世界没准从几点就要开始毁灭了，家人还不在身边，死都不能死在一起，好亏啊。

后来，世界安然无恙，人们自顾自生活，我真正想要去在乎和保护的东西也越来越少了。

许多年过去了，我甚至根本无从想象下一次见到老张时，我们彼此是什么心情和状态。如果再见到他，我大概会想跟他说：我的人生至今过得还不错，没有走入我所恐惧的中年，也没有走入绝望的婚姻，我没有生小孩，但我已经给他或她找到了一个很好的爸爸。

如果再见到他，我其实什么都不会说，我只会尴尬地笑笑。他或许会找出一部最近看过的电影评价一番。聊到热络的时候，我大概会悄悄看看他脸上的纹理和用烤瓷修复过的牙齿，对照一下童年之后所剩无几的记忆。

他错过了我的成长，我错过了他的衰老，但其实并不遗憾。毕竟我们都在自己选择的人生里，活得还不赖。

一封
陌生女儿的来信

2020 年 2 月 14 日，这是我妈妈老亚连续第十四年收到一个陌生人准时寄来的玫瑰花了。每年随着花寄来的卡片上都会写着一行字：亚琴，祝你永远幸福——一个默默关注你的人。

还记得第一年花寄来的时候我也在家，她拿出卡片来笑了半天，我说：怎么，突然被告白这么开心啊？她翻了白眼说：是卡片上的字太丑了！但还是把花小心地拿出来，剪枝，插好，把卡片默默收在了一个小抽屉里。

后来的很多年，每当这束花如期送到时，她总会尝试无数种方法调查这个神秘的寄件人：盘问身边的嫌疑人，跟踪快递员找到花店、打听寄件人的信息，甚至尝试过拒收，但还是因为花店和寄件人严密的配合而没有收获任何线索。

种种尝试都以失败告终后，她终于决定接纳这个神秘人长达十年的“默默关注”，自己也习惯一般在每年的 2 月 14 日这一天发出一条朋友圈感谢他的心意。

这件事总让我想起茨威格的《一个陌生女人的来信》，被暗恋的作家每年都会收到一束不知谁送来的玫瑰，直到他离开人世也不知道这个那样深爱着他，却并不想被他见到的人到底是谁。

这件事发生在老亚身上，其实一点都不会让人觉得稀奇。虽然她从来不算个风情万种的女人，年轻时的几分姿色也被岁月消磨了不少，但就是有一种难以形容的吸引力，任何人但凡跟她聊上几句，就都会被她睿智又通透的气场不自觉吸引住。

后来我想，这大概是因为她一直是个分寸感很强又极为客观的人，总能把自己和所有亲密关系的距离都划分得刚刚好。这种对周围一切保持着适度热情的特质，让她显得愈发迷人。

• 我骑着单车，带你去看夕阳 •

老亚是个文艺女青年，我爸爸老张是个文艺男青年，加上两人打小住在一个部队大院里，于是在成年后几乎是自然而然地走到了一起。老亚看三毛、张爱玲，听王菲也听张楚，留着黑长直发，穿宽大的亚麻裙，不怎么会做饭，也没给谁织过毛衣。她结婚前不是那种第一眼会被注意到的女孩，嫁人后也没想着要做一个标准的贤妻良母，却是当年所有男孩骑着单车去看夕阳时后座最想载上的那个人。

在那个还没开始计划生育的年代，她的家庭构成简单到有些不寻常，家中只有一个姐姐。因为父母都在部队医院工作，没多余精力顾及家庭，于是她们就一边拿着药瓶玩过家家，一边吃着医院食堂的饭菜长大。童年对父母的记忆也大多是匆忙的身影和消毒水的味道。

大概因为姐姐漂亮到太过惹人注目，老亚不自觉成了她身边的一个隐形人。部队大院的小男孩们都跟在姐姐屁股后面，祈求能有一天被多看一眼，而老亚则每天混在一群憨小子之中，小心保护着姐姐，接连轰走那些乳臭未干的追求者。

十四岁的姐姐被文工团选中，离家去往部队，男孩们看着挂着红花远去的卡车，也一路目送走了自己的少年时代。

自那之后，终于把注意力放回自己身上的老亚，开始和同龄的大部分女孩一样留起长发，穿起裙子。她开始替代姐姐的角色，偶尔被男孩们吹吹口哨。在部队大院的那群毛头小子中，向来自视甚高的老张首先得到了她的注目。

在这仅有一次的恋爱经历中，他们度过了还算美妙的时光。后来，老亚在父母的安排下报考了护校，老张则当上了公务员，两人结婚两年后生下我。

小时候我一直说不出自己的父母和那时候大部分同学的父母有什么区别，却又觉得有点不一样：他们几乎从不在家里看电视剧，每周去影院看三四次电影；不那么经常做饭，酷爱带我下馆子；他们不逛商场，却不知道在哪里找到数不清的服装店把自己打扮时髦；他们时常会分头阅读，给我买书的时候也从不吝啬半分……在他们感情还好的那几年，也算把我的童年经营得有声有色。

90年代，他们迎来了最好的时代。大批量先锋的文学作品、电影和展览涌入国内，老张开始大批量地买书，还总能带回家来一些鲜少能找到的录像带。他们身边也慢慢聚拢了一群在旁人眼里看来“不务正业”的青年艺术家：有长发齐腰的音乐人，有不得志的青年画家，有自费出版过诗集的伤痕文学作家……这些人几乎每周都凑堆在我们家喝酒聊天，从布尔乔亚的浪漫情怀聊到感时伤怀的国家大事。

老亚总会做几盘鱼饺子，大家狼吞虎咽地吃完，边抹着嘴角残留的香味儿边感叹：亚琴虽然不会做饭，但这饺子，真是世界上最美味的佳肴！

那时候老张带回家的所有朋友都很喜欢老亚，她有趣、大方，不多疑也不爱抱怨，总能把他们从闹心的成年琐事中拯救出来片刻。而同时，她的冷静和独立也给了老张一种很强烈的“不被需要”感，这种无法言喻的感受或许在很多时刻强烈地鞭打过老张脆弱的尊严。

都说成年人的自由很复杂，但有时候对老张而言并非如此。在老亚怀孕快八个月的时候，老张认识了一个从巴黎回来的画廊老板娘。两人聊得投机，女人问老张愿不愿意和自己一起去巴黎生活，老张便回来询问老亚，说自己好像喜欢上了别人，是不是可以跟她一起离开。

老亚没哭没闹，倒是真的把选择权给了他。她对委曲求全的婚姻不感兴趣，更不想在任何时候不顾尊严。可后来这段荒诞的爱情没了下文，她顺利生下了我，似乎在生活中找到了比维系一个时常游离的丈夫的心更愉快的支点。

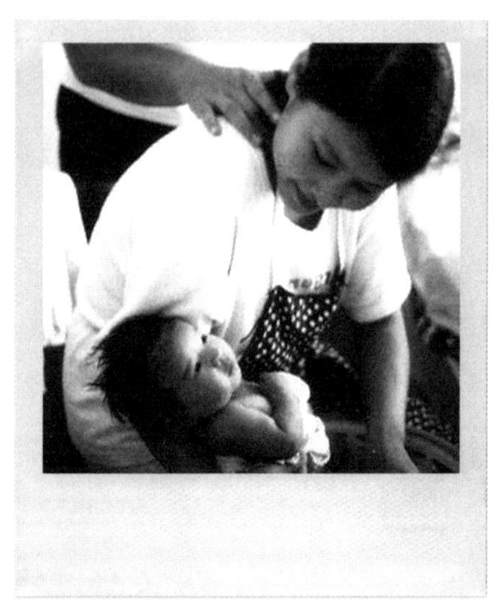

我出生后，老张显然没办法迅速接纳自己父亲的角色，于是老亚只能带着从老家找来的小姨，一边埋头在各种琐碎的家务中，一边应对着医院繁忙的工作。

她在公交车上抱着我睡觉，扛着我去看病、没完没了地打点滴，送我去幼儿园，准备三餐，整理家庭账单……在关于那段时间非常模糊的记忆中，我只记得两次老亚掉眼泪的场景。

其中一次是一个周末，我非常想去动物园，她却不知道哪里来了兴致躺在床上唱歌。我听得极不耐烦，一直吵嚷着要出去玩，她完全不理会，越唱越放肆，甚至有点声嘶力竭，最后在我哭出来之前她却突然自顾自大哭起来。

她边抽泣边说："今天是我的生日，我就想躺着唱歌，为什么不行？！"然后开始边哭边唱。一旁的老张悻悻地缩起了肩膀，冲我抛过来一个眼色示意我安静一点。

另外一次，他们吵得很凶。一向只会生闷气也不怎么发脾气的老张，发了疯一般在厨房里歇斯底里地摔盘子，老亚在卧室里躺在床上抱着我，她的眼泪顺着我的脖子流进衣领里。我完全不知道该怎么面对这种电视剧里演过上百次的桥段，那一刻我不想和任何人相依为命，也不期望他们重归于好，只想逃离这里，不用再去小心翼翼地摸索任何关于他们关系为何慢慢变坏的蛛丝马迹。

但每次争吵结束后，一切都会归于平静，碎片仍旧是碎片，没人拼凑黏合，也没人放手离开。

后来几年，不愿继续凑合的老张提出过很多次离婚，老亚却始终没有同意，也并没有试图修复他们的关系。她和老张开始不怎么同时在家里出现，每天我放学回到家时，总能看到一份包装完整的外卖。

可那时候我并不责怪她，虽然有点孤单，但少了大人的家里也多了几分自在。而且，脱下妈妈和妻子的外衣，她自己的人生也需要大口呼吸啊。

在一次争吵后，老张再次提出离婚，老亚从抽屉里拿出了那份她早已经从单位开好的离婚证明。老张傻了眼，带着委屈的心情签字之后只能丧气地四处宣告：我早就知道她不爱我了！

离婚的事情我们再没正面谈起过，高一那年，她带着我搬到了新家，我也开始了在学校的寄宿生活。像所有青春期小孩和家庭割裂的过程一样，我和她自然而然地在生活上渐行渐远，在精神上保持着适当体面的温度。

上大学之后我开始和老杨谈恋爱，当时刚读大二的我想搬离宿舍跟他一起出去住，我打电话给老亚，支支吾吾地说出自己的计划。本在等着她生气，她却云淡风轻地告诉我，只要你想清楚了，知道自己要什么就好。她给了已经成年的我为自己人生做出每一个选择的自由，也给我为每个选择负责的机会。

我开始搭建自己的小家，每年寒暑假在她身边待的时间也越来越短。

有一年暑假，我提早离开家回北京，那也是我印象里老亚最后一次来车站送我。上车后我躺在黑暗的车厢里盯着空气发呆，火车缓缓开动时，我突然毫无征兆地开始流泪。于是边流泪边给老亚发短信，信息发出去后手机在手里还没捂上几分钟，就收到了老亚的回信。她说：我也想你，也在哭。

过一会儿又来了一条信息：但想想你马上就可以见到你爱的人了，高兴点！

大概是见到我的未来一副愈发清晰起来的样子，老亚和谢老大也终于决定走到一起了。

谢老大是老张工作后熟识的好朋友，他笑声爽朗，性情直率，胆子贼大，心思却很细腻，有他在的地方总是让人特别踏实。

我上小学的时候，他会跑到学校门口接我放学，把我带到新开业的啤酒屋，自己点一大杯啤酒咕嘟咕嘟喝完，又把我放到吧台边坐着。他问我想喝吗，我猛点头。于是他塞一瓶啤酒给我。服务员边擦桌子边看着我乐，问：你这小不点能喝多少啊？我抛去一个得意的眼神说，也就两瓶吧！

其实没喝几口之后我就开始醉醺醺了。谢老大送我回奶奶家午睡，我在床上大声唱歌蹦床，对着窗口大声喊他，他抬头露出大白牙，笑着冲我挥手。奶奶气得大骂他太能瞎闹，拉紧窗帘催我睡觉。

初中毕业前的某一天，我突然接到电话，得知谢老大出车祸了。赶到医院时，他左边的半条腿已经被截肢了。

他浑身裹着纱布，剩下的半条腿被吊了起来，头上的绷带还渗着血迹。我不敢大口呼吸，慢慢走到他病床前，眼泪哗啦啦地掉。他皱了一下眉头，说："哭什么，我这不是还活着吗？"他拿过我的手仔细端量了一会儿，说："你看你指甲里面都有泥儿了，下次再来我就能动了，到时候给你剪一下。小姑娘指甲干干净净的才好看。"

出院后他一直拒绝用拐杖，忍着剧痛和假肢磨合，没多久就开始像正常人那样生活了。即便少了半条腿，但他老大哥的性格依然没动摇半分。他总说自己只是残疾，又不是残废了。他开始学开车，考驾照，也依然是每次饭局上笑得最大声的人。

后来我才听说，车祸那天他骑着摩托车在一个路口拐弯时，被一辆违章的大货车从侧面冲撞过来，当时半条腿就被压废了。周围没有人敢上前帮忙，于是在一片血肉模糊中，他抱起自己残存的腿，拦了一辆出租车把自己送到了医院。

出院之后，他还是像以前一样开朗健谈，会在朋友的聚会上把自己喝到烂醉，反反复复说着些年少时他们在一起厮混的故事。老亚离婚之后，他们成了陪伴彼此暂时逃离糟心现实的窗口，每天连续几个小时地打着电话，关系也发生了一些微妙的变化。

我打心底里为他们高兴，毕竟，四十岁之前的老亚都觉得自己作为母亲的身份是第一位的，所有的不快乐都不应该传导给我。但这段感情让她意识到，自己首先是个人，之后才是个妈妈，如果她都没办法快乐了，也不可能让任何一个身边的人感到快乐。

当我第一次用新的角色面对谢老大时，却发现自己根本没办法再像以前那样对他笑了——这个我以前又敬爱又喜欢的铁朋友，突然以新的身份闯入了我的生活。他讲的每一句大道理都开始变得没那么中听，他的每一次关爱都让我想躲闪。虽然我心里比任何人都爱他们，却真的找不到一个适当的姿态去把我们的关系联结起来了。

我维持着适度得体的热情，每年回家两次，待一周便离开，老亚也从不多劝我久留。我不会抱怨工作的辛苦，她也不会问我行程有多紧密；她会通过互联网关注着我所有动态，却从不主动过问我任何事情；我不会在母亲节给她送花，她也不会叮嘱我天冷加衣；我们在微信里时常聊天，生活中却不会多打几个电话。

毕业后第三年，我和老杨扯了证。那年我和老杨一起回家过年，我上楼取东西时他们难得独处了一会儿，老亚突然对他说，小亚吧，打小就是个挺任性的小孩，主意大，脾气急，但你得学着驯化她，她才能服你。不用过分地照顾她，给她足够的支持就是最好的爱了。

婚礼前几周，老亚约老张出来见面。虽然分开后他们从不同的朋友口中听到了许多关于对方的近况，那却是他们第一次正式再见。

老亚跟他说，这么多年过去了，我们各自也都过得不错，是不是也是时候可以放下这些不愉快，好好和过去和解了？于是邀请他来参加我的婚礼，老张却果决地表示：如果谢老大在现场，他就必定不会出席。

那次见面结束后老亚给我打来电话，询问我是想让爸爸还是谢老大来参加婚礼，她会充分尊重我的选择。我完全没多想就回复，谢老大一定得来，老张来也欢迎，看他自己的意愿就好。

婚礼那天，挽着我的手上台把我交给新郎的是伴娘小寒。不少人都在小声嘟哝怎么不是爸爸，台下的谢老大也很不是滋味，但当年我心里的想法，一直都没有分享给他们任何人。

我不想佯装任何为了安抚旁人的体面，也从不觉得自己是在所谓不完整的家庭长大。没有人要替代爸爸这个角色，即便他一直是缺席的；也没有人会替代谢老大在我心里的位置，因为他一直是独特的。妈妈的幸福不需要我来守护，就像她一直信任我能保护好自己的幸福一样，我信任她的任何一个选择。

婚后我们回家跟老亚和谢老大吃了个饭，几杯酒下肚后，谢老大竟然莫名地哭了起来。他用力捏着老亚的肩膀对我们说，他真的很爱老亚，也一定会好好保护她的。我笑着抱了抱他，说我当然知道，我一直都知道。

• 陪你变老的那个人，不该是我 •

后来谢老大陪着老亚度过了人生里最黑暗也最艰难的一段时光，他们放弃了自己的新生活，离开了刚刚装修好的新家，搬到生病的姥姥家里照顾她，一住就是六年。

姥姥去世后不久，五十五岁的老亚也终于迎来了从医院退休的那天。

身边很多同事都闲不住回到医院接受返聘，她却坚决不肯继续工作了。她说自己其实早就恨死这份工作了，但为了谋生也毫无办法，现在终于自由了，必须开始好好经营家庭妇女这个职业了！她开始打理自己的小院，摆弄各种锅具，精练厨艺，呼朋引伴地让他们来家里做客，开始学习网购，研究各种新奇好玩的电器并买回家。一向懒得做饭的她，竟然也会开始为了给我们做出一桌真正好吃的食物而充满斗志……

在家里待过瘾了，她又开始计划远行，组织一群亲友跑到欧洲玩了一个月。不久，又跑去美国待了二十天。

我们还是时常整个月都不会联系彼此，通过社交网络上的动态确认对方的行踪和心情。每次见到她的时候，都觉得她脸上时常挂着热恋期少女的神情。偶尔打电话时，我还是不能免俗地问起她有没有打算什么时候结婚，她却总是云淡风轻地回答我：现在和以前一样，没有谁的眼光需要她去特别在意，于是也不必用结婚去证明任何事，对彼此的笃定对她而言就足够了。

与其他日子一样普普通通的一天里，我突然收到她的一条微信：我们扯证啦！我一时间不知道是激动更多还是疑惑更多，一个电话打过去才知道，原来只是两人跑去4S店里想买新车，但因为车主身份认证的问题而被要求出示结婚证，她觉得实在太麻烦，干脆就直接拉着谢老大到民政局扯了张证。

这个听起来无比随意的举动，却引发了朋友们的集体狂欢。大家设宴替他们庆祝了三天三夜，我打去电话的时候她恰好喝了很多酒，语气里尽是幸福的微醺。

老亚曾跟我说，她是典型的暖水壶型人格，里面热度再高，也一定要用一个隔热胆包住自己才觉得安全，和别人的热情永远隔着一层坚实的自我壁垒。但谢老大的存在，让她觉得自己有了源源不断的热水，不用再独自冷却了。

如今我和老亚分开生活超过十年了，还记得不久前我回家的那天，难得和她睡在一起，早上睡眼蒙眬地看到她正侧身躺着认真打量我，我赶紧装困，闭紧眼继续睡去。她捋了捋我的头发丝，小心翼翼地不触碰到我太多，也转过身继续装睡了。

这是日子里非常随机出现的一个片段，不够感人，也不够意味深长，但不知为何我一直牢牢记着。大概是那份她永远能给出的“刚刚好的温柔”，让我觉得很动人。

在很多人眼里，老亚经历了一次失败的婚姻和一段不被看好的感情。她从未获得世俗眼里的成功，却紧紧握住了自己能把控的幸福。

有一次我问她：“你现在还会讨厌老张吗？”她想了想告诉我：“我好像从来没真正讨厌过他，也没后悔和他在一起。如果时间可以倒回，我还是会在当时那个年纪爱上当时的他，那些我们一起经历过的美好也一直都在那里。可能很幸运的是，我总能在对的年纪遇上对的人吧！”

记得看《请回答1988》的时候，里面总说妈妈是无所不能的神：妈妈可能是那个无所不能的豹子女士；是那个偶尔会让你觉得很丢脸却会在所有关键时刻成为你铠甲的德善妈妈；是那个用尽一生来照顾你，也忍受不了任何人欺负你的善宇妈妈……无论和子女思维的距离或是生活的距离有多远，她们终究都是那个在关键时刻无所不能的妈妈。

但老亚的存在让我相信，爱和自由从来都不是得此失彼的，妈妈也不应该永远是那个和伟大扯上关系的角色。她可以保护你的世界，也可以偶尔偷懒和自私，毕竟她也是那个曾拥有过耀眼的青春，却被你的出现突然打断的女孩啊。

就像她跟我说过的那样："我们都有属于自己的生活，有自己要相依为命的人。我们不可能替彼此生活，所以要在各自的幸福里各自珍重。你要走到更远的地方去，和你爱的人一起做更多有意思的事。不要被任何东西牵绊住脚步，也不要因为在意别人的声音而回头。"

2020 年的 2 月 14 日，那束每年送来的情人节玫瑰如期而至。老亚发了一条朋友圈说：谢谢这位陌生人的惦记，我已经知道你是谁啦。

我赶紧发微信佯装镇定地问，是谁？你怎么知道的？她许久没回。

后来她笑着回复我，其实去年就知道了，但是不想直接拆穿我这个很有执念的"陌生人"。当年我怕她认出我的字，于是饶有心机地安排老杨手写了卡片，还故意把她的名字写错了一个字，经历了无数次差点露馅又化险为夷，和花店主人各种打配合蒙混过关的过往……最终还是没能逃出她要查出这个暗恋对象的执念。

原来去年老杨帮我订花的时候，不小心留下了一个自己不常用的手机号码，又被店家记录在了送货信息上。老亚拿到电话后直接跑到电信公司查询，却被告知不能查到信息。但营业员偷偷告诉她一个办法：给手机充值便可以查到名字的最后一个字！于是她仅仅用十块钱的话费就买来了这个多年秘密的答案。

我叹了一口气说："本来想学《一个陌生女人的来信》里那样，送你一辈子呢。"

2007 年 2 月 14 日，是我和老杨一起度过的第一个情人节。他说："我想和别的男孩一样给你送花，但不知道这样会不会太俗气。"我想了想回答："那要不我们一起偷偷送花给老亚吧，努力送一辈子不被发现！"这是我能想到最长情的告白啦。

十三年过去了，我爱的人还没变，她也找到了一个可以安心停留的怀抱。有时候我甚至觉得是我在变老，而她在长大，或者说，我们始终都是在一起变老。

我们停留在彼此人生的远方相互遥望，也在各自的人生中步履不停。情人节的神秘礼物告一段落了，谁能说新的惊喜不会出现呢？

'19

遥远的相似性。

The Planet as My
Disco Light

少年的你，友情未满

对我来说关于友情最有冲击力的瞬间，是美剧《实习医生格蕾》里，Cristina 对 Meredith 说："You are my person." 字幕翻译成了"你是我最好的朋友"，可对我来说更准确的理解是：你是我的那个人啊。

那个人，你可以在他面前暴露你所有的阴暗、软弱、无助和笨拙；你会收起自己的小心思，反正也会被一眼看穿；会收起自己的骄傲和自尊，反正他也不会给你面子。但也正是那个人，会在任何你陷入自我厌恶的时候，成为一股让你清醒的力量，并告诉你，他会站在你这边。

我人生里由为数不多的"那个人"组成的"那些人"，许多都来自我的大学时代。

• 同学，我好像比你高一点 •

其实进入中戏读书前我根本没打算交朋友，刚刚结束了压抑的高中生活，我决定做个不再刻意讨好他人的冷酷女孩。后来才发现自己想当然了：这个新环境里的每个人的个性都极强，谁也没想象中那么爱交朋友。

大概是预估到了艺术生天生反叛的性格，军训的时候学校特地打乱了系别来排班，让不同系的新生凑在一个宿舍相互熟悉。

第一次拉练的时候，教官让大家按照身高来排队，我站好了自己的位置后不久，旁边传来了一个温柔又坚定的声音："同学，我好像比你高一点。"我转头看到一个剪着利落的短发，眼睛里却布满柔光的女孩。虽然并没觉得她比我高到哪里，但还是无法拒绝地和她调换了位置。

她介绍说自己叫胡寒，是艺术管理系的，我也礼貌性地交换了我的名字和系别。后来才知道，胡寒其实足足比我高五厘米，还是艺管系的学霸——她在艺考这年过了二十几个学校的专业课终试，其中还有好几个全国第一。

我和她有着完全不同的家庭和童年。她是很多人眼中"别人家的小孩"，清秀温良，自小成绩优异，从未在任何一件事上让人失望过，父母都是大学老师，没有一丁点粗鲁的习性。和我们这个年纪大部分小孩不同的是，她从未见过父母争执，和家人关系也极好。

她似乎与生俱来就知道怎么恰如其分地关心别人，知道如何让人喜欢却不刻意讨好。她后来跟我说，自己的大名有一个寒字，小名叫冰冰，好像背负着使命感一般不能让自己跟人相处得太疏离，但其实她骨子里是个非常热爱独处的人，一直尽可能在做一个安分但不守己的小孩，也固执地坚守着一些可控的叛逆。

而我和她的友谊，也是在我们不知不觉的情况下慢慢绵延开来的。

在军训的饭桌上她看我吃得多，总忍不住给我夹菜，后来上学时她看我起不来吃早饭，就每天早上到食堂买了我最喜欢吃的面包，放到我宿舍桌上，然后安静离开。于是很长一段时间，宿舍里一直流传着隔壁的隔壁那个宿舍的胡寒，可能是暗恋我们班的张馨心的故事。

大学生活开始后，我们几乎在除了上课之外的所有时间共处。有一次我带她去王府井，神秘兮兮地跟她说有一样非常非常好吃的东西，一定要带她尝尝，等到我端出一份热气腾腾的章鱼小丸子时，她笑了。面对这个她不知道从几岁起就知道的东西，她都一脸高兴地和我抢着吃完。

在一个无意间相互倾吐心事的夜晚，我们交换了彼此心里最深的秘密：我无法直面对老杨的暗恋，她给自己喜欢了很多年的那个人写了十几本日记，却始终没敢告白。我们越说越意难平，于是在宿舍熄灯后她拉着我绕过宿管阿姨跑出学校，到后海一个二十四小时营业的叫作“避风塘”的店里撒欢儿。

我们在门口的小贩那里买了一包叫作“圣罗兰”的进口烟，那包烟几乎满足了所有我对于叛逆女性的想象：包装盒雪白，烟身长长的，却不是那种很娘的细烟，烟里似乎没有臭烘烘的烟草和轻浮的薄荷，就只是一支干干净净的烟。

避风塘的饮料免费续杯，还有不怎么好吃的自助餐，四周都是计划好要彻夜不归的大学生。我俩一支接一支地抽烟，凭着记忆里学来的姿势不自然地拿捏着只敢到此为止的叛逆。

那一晚，我们开始打心底认定彼此是最好的朋友。后来我们几乎同时和自己喜欢的人开始恋爱，也和彼此的恋人成了好朋友。

她养了一只叫作扑麻的小狗，我和老杨第一次去看扑麻的时候它只比巴掌大一点，没玩一会儿就趴在老杨身上呼呼睡着了。我们预料不到这个小狗的未来，就像不知道彼此的未来。

毕业后不久，我开始做自由编剧，小寒去了一家国企上班，同时准备出国读研。可能是步入成人世界后选择了截然不同的道路，我们慢慢失去了联系。我只依稀知道她依然是那个最容易被众人喜欢和依赖的女孩，永远靠谱，永远不会让人失望。

其实我们住的小区只相隔一条街，有一次逛街时刚好遇到她在遛狗，当时扑麻已经长成了一个相当壮实的小伙子，和当年那个窝在老杨身上睡着的“小耗子”完全不同了。我们没聊几句就找回了当年的熟悉，于是又渐渐凑到了一起。

那时候我才知道，她毕业后经历了很严重的病痛，吃激素吃到过敏，浑身动弹不得，又一直困在无聊的工作和繁复的出国申请中，痛苦不堪。她越来越厌恶自己好像有责任要把任何事都做到满分这件事，于是渐渐断开了和大部分朋友的联系，不想自己不堪的样子被任何人看到。

她出国前那一晚，我们叫了很多大学时期的朋友来我家喝酒，喝到天亮时才散去。上飞机前她给我发了一条信息说："你生日的这天，我启程到彼岸迎接新生活。希望可以去更宽容地理解这世界的复杂。未来见！"

"未来见"成了很长一段时间之内，我鼓励自己熬过毕业后痛苦时光的神奇药丸。而我和小寒也并没因为隔着整整一个太平洋而渐行渐远。

她考入了我最向往的纽约大学，那段时间我们像在异地恋一般，时常打电话打到睡着。她会把每天看的展览和上课的种种见闻分享给我，我陪她一起讨论课题，一起规划要拍的纪录片，好像借机也和那个我很向往的世界有了紧密的联系。

小寒说她在那里看到了另一个天地，圆融了原本执着的念头，看到和自己不同的众生，也在不断和这种差异和解。

回国之后不久，小寒经历了一次很痛苦的分手，这件事是她没有太大波澜的人生里一场巨大的变故。失恋的这段时间她产生了严重的耳鸣和幻听，那时候她经常待在我家里，每天哭着睡去，又哭着醒来，哭到最后没什么眼泪了，我就陪她一起看一些催泪的电影再继续哭。

但我们都知道，其实没有任何捷径去熬过这样的时刻，唯有依赖时间。

她说，这世界上有两件事最让人意兴阑珊。飞女落地，浪子泊岸——其实还有接纳成长中最让人扫兴的部分，那就是总有一些信任会被辜负。

她开始放过自己，也接纳了别人对她以及她对这个世界必然产生的失望。

·你第一次穿匡威，就得踩得很脏·

考中戏那年，面试的那天我非常紧张，一边深呼吸，一边犹豫要不要戴眼镜进考场的时候，坐在我身后的一个男孩把脚放在我椅子上不停地摇晃，摇到人心烦意乱，天崩地裂。

我怒气冲冲地转头跟他说："同学，能不能不要再晃腿了？"他几乎只是用余光瞥了我一眼，又一言不发地低下头继续晃腿。就在我火冒三丈刚想继续理论的时候，一个头发乌黑、个子高挑的女孩从我们面前走过。

那男孩"噌"的一下站起来，推了推眼镜说："你……你是不是韩夏？！"周围很多人都安静下来，开始小声地议论纷纷。那个长相和身高都很出挑的女孩手里抱着很大一摞证书作品之类的东西，点了点头离开了。

我心里更慌乱了，原来有人那么出名，原来还要准备这么多东西……最可怕的是，我和这个人竟然被分配到了同组考试！

演集体小品时她很沉着地分配角色，我也不甘落后地拼命贡献点子，不能在她面前露怯啊，即使不被她看在眼里也不能做缩头乌龟。在那个五人一组的命题表演中，我们演了两个总是跟自己过不去的女大学生，除了表演之外，我们没跟对方多说一句话。

军训后回到宿舍收拾床铺的时候，我才发现韩夏的床铺竟然就在我旁边。

宿舍是按照录取时的专业课考试排名分配的，于是也算从侧面得知我俩的名次是挨着的。这让我对当时那个青涩的自己有点得意，我也并没比这个好像生来就带着光环的人差嘛。

不知道是不是考试时延续下来的奇怪感觉，整整一个学期，我们都没有看彼此很顺眼。

入学第一天，大家在操场上取书的时候，韩夏和她那个头发挡住眼睛的男朋友一起坐在小花园里等书。我至今记得她穿着一件V领的连衣裙，黑色丝袜配一双帆布鞋，刘海微微遮住她的烟熏妆，她还搽着浓艳的口红。她长得真是好看，我那时候看她的眼神，大概很像许多意大利电影里还没被性启蒙的小男孩在偷窥一个风情万种的女性那样。

大学的大部分时间，韩夏都只和她的男朋友一起玩。她从不翘课，也从不参加任何除了上课之外的班级集体活动，更是很少跟同学一起吃饭。但每当她被点到在班里读她写的散文时，那些灵动又生猛的文字还是会让班里所有自以为是的男孩女孩自惭形秽。

后来我慢慢知道，她是当年几乎所有热爱文学的青少年都投过稿的那个新概念作文比赛的获奖选手，而且从高中就开始给一些音乐杂志供稿。她认识许多满腹才华的音乐人，也谈过许多次恋爱，拥有着很多对我们而言太过遥远的痛苦，但并不需要谁来假意理解。

韩夏的睡眠不好，时常在宿舍还没熄灯时就已经准备睡觉，可那却是我精力最旺盛的时候。我亢奋不已地打字写着博客，她的叹气声、翻滚声伴随着我敲击键盘的噪声让我俩度过了关系紧张的大一时光。

她说，那时候觉得我每天啪啪敲键盘烦死了，可还是偷偷去看了我的博客，开始了解我那些让她心烦意乱的声音背后的文字，慢慢也就觉得我没那么讨厌了。

后来整个宿舍的女孩都开始跟她学化妆，化得如同妖魔鬼怪，她开始告诉我们有一款叫作火烈鸟的睫毛膏很好用，告诉我们五道口的衣服又便宜又好看，告诉在青春期肆无忌惮吃垃圾食品的我们发胖有多可怕。她教我怎么用旺旺在淘宝购物，怎么和店家交涉砍价，帮我选了第一款美瞳，也带我买了第一双匡威。

记得有一次，她把一双崭新的匡威扔在宿舍地上，跟所有人说，你们都来踩。大家匪夷所思，她用淡然的语气说："匡威得踩脏了穿才好看啊！白白净净的太土了。"于是宿舍的女孩围成一圈开始踩她的鞋，踩完了她看看不太满意，又让大家踩了第二轮。

她在我心里，慢慢从那个老觉得自己和别人不一样，也一点都不招人喜欢的女的，变成了一个几乎能和所有时髦事情挂钩的酷女孩。

有一年寒假，宿舍里几乎所有人都走光了，我俩成为留守到最后的两个人。我们成宿地聊天，知道了彼此都在单亲家庭长大，比她幸运一些的是，我没有在一个非常严苛的家庭中成长，也没有背负太多和自己梦想背离的来自家人的期盼。

后来我在她的毕业作品里帮忙做副导演，挤在小镇宾馆里同吃同睡，被情绪化的女主角折磨到大半夜，一起蹲在湿漉漉的街道上抽烟。她在我的毕业作品里演了一个骄傲的洗头妹，还为此穿上了自己最讨厌的衣服。我们在各自的剧本里写了两个拧巴的女人，这和我们后来的走向也多少有些奇妙的连接。

其实认识她的那些年，她的恋爱总是浪漫又少不了痛苦的，那些爱情里的痛苦和成长中的挤压，让她像一只混在马群中的独角兽，带着哀伤的沉着和天真的莽撞。

毕业那一年，她喊我和老杨一起去音乐节玩。那是一个在长城脚下举办的音乐节，山谷里裹着夏天难得的凉爽和像青春一样郁郁葱葱的绿色。我反复琢磨，把所有我能想到最时髦的单品都组合到了身上。果然，我的银色皮裤在入场时就被保安大哥一眼注意到了，他说，你的裤子挺好看的。我和韩夏被他逗得一边歪歪扭扭地笑着，一边踩着路上的沙石尘土走进了现场。

韩夏当时正处于一段拧巴的恋爱中，不记得因为什么奇奇怪怪的理由，她和男朋友吵了很激烈的一架，我跑去劝架时，却感觉一瞬间被远远推开了。在带给她痛苦的男朋友和想拉她离开这种困局的我之间，她还是选择了回到那段已经折磨她许久的爱情里。

我坐在夜幕降临的草地上，听胡德夫唱着《匆匆》，我感觉可能我们的友谊也要就此匆匆结束了。

那次冷战持续了很久，我听说她分手后又谈了新的恋爱，毕业后做了一段时间独立导演，又跑去加拿大读书了。我开始慢慢把这段友情安放在一个不会触碰到的地方，直到有一天我打开了一封几个月前发来的邮件。

那是韩夏发来的一封很长很长的信，我读了三行就开始哗啦啦地掉眼泪了，信里面依然是我最熟悉的只有她能写出来的文字：

这个时候我非常想你。
尽管我很多时候都做到非常乐观，
愿意做一个“让别人喜欢我在他们身边”的人，
但大部分时间，
我觉得我的心就像被铁丝箍了起来。
很多次我都在房间里脚软，在地上哭得起不来。
感觉整个人要陷入沼泽，再也出不来。
头埋进被子里，没有理智和意念让眼泪停。
只想大叫出来，

然而我想在这荒凉的地方，也并没有人听得到。

我也不会死，只是累到抬不起头，抬不起脚。

我好像从来没有给你写过这种东西，

但是我也想让你知道。

好像我们俩原来一起去新街口买东西的情境，

一直都会在我心里徘徊。

那样的我，可能再也回不来了。

我总觉得它可能在我身体外的某个地方住着，

总有一天还会回来找我。

无论如何，我想告诉你，

你是那么善良敏感聪慧的一个小女孩，

这跟你长什么样子没有关系。

不要和别人比。永远不要和别人比。

而且说实话，也没几个人能比得过你。

我没有事。只是现在的难受像电击一样，感觉五脏六腑都被搅拌过。

所以趁着我还想表达感情，

想告诉你，谢谢你一直爱我。

我也很爱你，但我说不出。

后来我才知道，她出国前曾经拿着一袋从成都买回来的食品走到我家门口，在门口站了半小时实在不知道该怎么开口道歉，于是又离开了。

出国后她认识了不少有趣的朋友，但依然会时常被巨大的孤独感挤压到透不过气。她时常被封在加拿大让人绝望的冰天雪地里出不了门，会走上几公里的路去超市买一些打折的食物，或者独自坐两个小时的公交车去看一场等待很久的演出，在散场后踩着厚厚的雪独自走回房间。她用尽了所有力气和现实搏斗，但还是逃不过内心里那个无法真正喜欢自己的人。

毕业后她拿着全A的成绩和所有行李回到北京,敲开了我家门。在我家的沙发上一待就是两周,吃外卖,摸狗,看剧。她闭口不提自己到底打算什么时候重新打起精神来生活,我也不多问。

她时常在亲近的人面前展现出自私又极端的一面，但还是那个让人始终怨恨不起来的姑娘。

很多年前的一天，不记得她和哪一任男朋友大吵一架，给我打电话问能不能来我家住一晚。那时我家也只有四十平米，卧室摆了一张床一张书桌，就被塞得满满当当，但当时我和老杨正在逛宜家，于是我不假思索地说：你来！

我们买了一张沙发床，当晚搬回了家，组装好之后摆在紧挨着大床的位置。

那晚她并没有表现得很失控，关灯后我竖起耳朵小心听着她的呼吸有没有变得均匀,还是窝在被子里偷偷哭。她突然"噌"的一下试图从沙发床跳到大床上吓我们，结果黑漆漆的房间里传来一声闷响，她径直磕在了床角。

我们因为这件无聊的事大笑了许久，笑累了才沉沉睡去。后来她告诉我，其实当时腿上磕出了很大一个伤口，但因为觉得自己实在太可笑了，就没想起来喊疼。

后来那张沙发床睡了许多失恋和失意的朋友，我们换了一个又一个新家，但那张沙发床和躺在上面的朋友，还是都没变。

再后来韩夏成为了一个独立导演，拍了许多在业内很有口碑的纪录片和广告，而我成为了一个在很多曾经的同行眼里不务正业的网红。

有一次我们约在她朋友的酒吧喝酒，她特别骄傲地对朋友说："你知道吗？张馨心现在非常非常厉害，她粉丝很多，也影响了很多女孩，给了她们很重要的力量！"我已经习惯了这些年很多人对我工作的冷嘲热讽，于是无意间听到她向别人这样骄傲地介绍自己时，便觉得心被紧紧地握住了。

她还是那个无比热爱小动物，也喜欢开粗俗玩笑的姑娘，总在听最小众的音乐，看最新的美剧，总能认识那些很少人知道的美妆新品，也还是时常不知道自己牙上蹭了口红。

她终于遇到了一个真正懂得她、珍视她的恋人，在感情里逐渐变成了一个更自信的人。两人救了一只被邻居抛弃在楼道里的兔子，给它起名叫查理。

现在每隔一段时间我们就会见一次，窝在家里的沙发上喝完几瓶红酒，聊八卦聊电影，还是经常会因为很多无聊的玩笑笑到透不过气。我们从十九岁一起活到了三十岁，好像也不会突然成为让彼此失望的人了。

曾经有位记者在采访中问过霍金一个问题：在您的一生中有没有被什么感动过？霍金答：大概是一种“遥远的相似性”。

我结婚的时候，韩夏送给我一个定制的瓶子，上面就写着这句“遥远的相似性”，从此那个瓶子就一直摆在我家客厅最醒目的位置。

• 吃饱了，来看《新闻联播》吧 •

关于林壁炫的大部分记忆，好像都和吃有关。

他是潮汕人，好像生下来就会做一桌子的菜，在吃这件事上也从不凑合。读书的时候我们是一起吃饭最多的，学校附近的馆子几乎一起吃到穷尽了。

刚毕业的时候我和老杨租了个不到二十平米的小平房，做饭的“厨房”里只有一个小柜子和一个电磁炉，调料也只有油盐酱醋。那段时间我们做饭的热情都格外高涨，几乎每天家里都要摆流水席，迎来送往的，好不热闹。

有一次请林壁炫来家里吃饭，杨老师做了一盘黑乎乎的酱油炒白菜，配上白米饭端上桌。他边翻白眼边抱怨我们北方人实在不讲究，做了一顿白云与黑土来招待客人。我们吃到一半跑去做新菜，隔着厨房的玻璃看到他正狠狠地从电饭锅里挖走一勺白米饭，还在碗里用力压了压。一抬头正好和我四目相对，“扑哧”一下都笑了。

后来他自己出来租房，我把家里最喜欢的 口锅送给他，说之后我不做饭了，都去你家吃！

我和老杨登记的那天，刚扯完证就给他打了个电话。我说有件大事儿告诉你，电话那头的他十分冷静地说：哦，是不是你们结婚了？我得意的话还没说出口就被噎了回去，和太了解彼此的人抖机灵，真没劲。

他很平静地说，那来我家里吃顿饭吧，我去买菜。等我们赶到他家时，一席有鱼有鸡的大餐已经摆好。只是那天的鱼和鸡都长得很不高兴，看起来特别丧。我们为此笑了很久，但也没耽误片刻就把一桌菜吃得精光。

想起刚上大学没多久的时候，我总和林壁炫在排练室排练到半夜。他和班里很多人关系都好，大家都喊他粤东小野花，因为他讲话总能妙语连珠，八卦时毫不嘴软，深情时也不会让人有丝毫负担，什么冷清的场合但凡有了他在，气氛总是轻松又开心的。

那时候我总是很想证明自己是对他“最特别”的那一个，喝多了会打电话问他：我是不是你最爱的人嘛？他会说，我最爱我妈，然后挂掉。作为一个性格底色其实很冷漠的摩羯座来说，任何浓烈的感情和认真的谈话都会让他迅速跑掉。

直到我和老杨开始谈恋爱，有一回收到一封他写来的很长的信。作为一个出道很早的少年作家，那个时候恐怕也只有他才会用这么古早味的方式来和我说一些心里话了。

我记得那封信的最后他写道：

你们是最好的战友，却不知道是不是合适的恋人，但我想你们可以因为彼此的存在而战胜很多焦虑和困境吧。你未来会成为一个很厉害的大人，会做很多我们所向往但又不敢去付诸行动的事情，但我会一直站在你回头就看得到的地方，看着你。

这大概是我们认识至今，他对我说过为数不多的深情而认真的话了。

后来各自搬了几次家之后，我们和林壁炫还是成了邻居，他家里的锅从一个小炒锅变成了一口硕大的铁锅，他的厨艺早已不甘于隐匿在那些朴素家常菜之中了。

当时有七八个朋友都住在东城区，林壁炫时常一个微信就把大家都招呼来家里，吃完了一起在沙发上摸着肚皮发呆，电视上放着《新闻联播》也没人去换台。大家无所事事地无比心安理得，经常不小心就赖到十二点他们家的电梯停掉，再一起举着手电，从十一楼走下去各自回家。

林壁炫当年最喜欢的电影是李安的《饮食男女》，于是从书市淘来了一本记录了《饮食男女》里全部食谱的老书。他把这些菜一道一道认真研究，对比着做了出来，但每次等不及仔细欣赏，就被我们一群人三两筷子吃得一干二净。

后来忙到屁滚尿流的时候，我总会想起那些消灭一顿美味后大家集体放空的日子。越来越想不通，我们努力赚钱、用力工作，为的不就是心安理得地享受一段像过去那样无所事事的时光吗？那时候的我们虽然一无所有，留下的却都是实实在在可以回味至今的快乐啊。

然而人生很多变化都发生在最不经意的时刻。我们好像总在等待着一个契机，去体面地和那些终将逝去的东西告别，但它永远没办法按照预期的路径到来。无论是突然中断的连接，还是被时间磨淡的意识，总会在许多年后某个不经意的时刻让心头一酸：这漫长的告别，是真的结束了啊。

不知道从哪一天开始，大家越来越忙，联络得越来越少，只能各自三三两两地分头见面。而我和林壁炫还是维持着那种适可而止的熟络感，他依然是我的通讯录里聊天聊最久也最晚的那个人。他会突然跑到我家来在沙发上躺着，会有一搭没一搭地和我说几句关于别人的和彼此的坏话，会在我生病时给我做不重样的菜，会在音乐节上听到朴树开始唱歌的时候打给我，等到一整首歌唱完之后再默不作声地挂掉……

后来，很少动真情的他突然坠入爱河了，又在几个月后急匆匆失恋。本以为他会继续用戏谑而轻盈的态度把这段故事一笔带过，直到有一晚我突然接到了他的电话。

那天我穿着礼服人模狗样地在晚宴上跟人推杯换盏，电话那头的他哭得泣不成声，我停顿了半天，说："你在哪？我现在去找你。"于是，我提着裙子穿着高跟鞋，像从婚礼上落跑的新娘一样不顾一切地赶到他家。

我看着他在我面前一直一直大哭，而我却笨拙到只会不停抽纸巾，说不出半句安慰的话。他哭一会儿平静一会儿，再继续埋头大哭，边哭边照顾我的尴尬，说自己是生理性宣泄，让我不用在意。

我裹着他的棉大衣，吃着他跟爱人分别时一起去买的糖炒栗子，后来还因为太饿忍不住点了炸鸡。那一晚他并没像我预料中那样哭完就好起来，之后很长一段时间也都没有。后来他说：虽然失恋像戒毒瘾，每隔几个小时就会发作一次，但恋爱真是个好东西啊，令人可爱有活力不驽钝。失恋也好像跑马拉松，过程很辛苦，可我知道有个东西在终点等我，虽然这个东西有点让人悲伤，那就是我不再喜欢你了。

我们经历了带着防备的初识和哭成狗的别离，在边拉扯边成长的少年时代里包容着甚至喜欢着彼此的荒谬。在那个人生里最难忘的夏天，穿着学士服站在爬满常青藤的宿舍楼前，带着精心准备的笑容或者不经意的傻笑，面对刺眼的阳光拍下最后一张集体照，自此散落在天涯。

大学时代总会让我想起萨冈的一本书，叫作《我最美好的回忆》。那本书是对我而言很重要的一个朋友麦同学送我的，如今我们已经失联很久了。书翻开的第一页，她用十分好看的钢笔字写下了一句话：致我们美丽而脆弱的青春——于春风料峭的夜晚。

梦想是最大的糖衣炮弹。

The Planet as My Disco Light

创业时代

凌晨五点睡着，上午九点醒来，脑子里塞满了今天的采访稿、直播稿，明天演讲的PPT，无数零碎的文字在疯狂交错。离直播开始还有不到四个小时，许多悬而未定的工作还在群里交替更新，每分钟都有满屏的消息涌上来。

我尽可能让自己平静下来，一条条捋清楚接下来要做的每一件事。

今天的工作，是要配合一位“顶流”艺人的演唱会宣传来进行一场彩排直播＋个人专访，两周前约好的采访因为档期的临时调整，我们在前一晚接到通知要提前到今天进行。于是在过去的这十几个小时，只能紧急调整方案、配置设备，翻遍了网络上所有的相关采访和先前直播的粉丝反馈，进行多平台预热、制作海报……大家都只睡了几个小时就起来继续核对细节了。

逐一整理出之前几场预热直播的评价，发现不少负面的声音，大家给我打气：只要今天不被骂，就是最大的成功！

我根据现场发来的环境图，找到了一套看起来颜色合适又不会过分正式的衣服，化好妆，塞上耳机，听着艺人最新的单曲一遍一遍地熟悉节奏。

在赶往现场的路上，突然接到了合伙人大 F 的一通电话，电话那头的她哭到泣不成声。

这是我跟她工作四年以来，第一次看到她如此崩溃。她是我见过抗压能力最强的人之一，每天处理公司各种繁复的大小事务依然有条不紊。如果她选择在这时候打给我，那一定是最后的呼救了。

F 跟我说，本来今天想去现场陪我一起，但出门前她突然整个人什么都做不了，手一边化妆一边抖，无法收拾出差的行李，只能坐在地上控制不住地一直流眼泪……

还是到了这一天啊，她那道谁都以为坚不可摧的防线还是坍塌了。

我脑子里想了一堆的大道理：可不可以别这么要强了？不用对所有人所有事都负责任，想逃开一天的时候就任性一下逃开，不要对一切的标准都那么高，难过到什么都做不了的时候，就不要做了……

但想想实在说不出口，她怎么可能没想过这些呢？不过终究不是那类可以用这些直白的大道理去说服自己的人啊。

我们什么都懂，我们无能为力。

窗外，道路依然堵成一道怎么也走不通的弧线，我叹了口气，跟她说 :“比起放弃生命，还是选择放弃责任比较划算些吧。”

我挂掉电话，深呼吸，继续在脑中整理采访稿。

到达现场的时候，我看到衣着得体的 F 已经在跟艺人团队寒暄了，她的眼泡还是肿肿的，言谈间却已经看不出任何破碎的迹象。她旁边放着今晚出差要携带的简单行李，手机在桌上像个哭闹的孩子一样振动不止。

小助理气喘吁吁地赶来，躲到角落里拿出一串价值二十多万元的项链小心检查，又放回包中——这是采访结束后我们要立刻赶去拍摄的珠宝。工作人员陆续到达，有条不紊地沟通流程走位，安置设备，检查产品。

我平复了一下状态，摆出一个礼貌而不失亲切的笑容，走进了艺人的排练室。

直播顺利结束，采访也聊得很愉快，我们神奇地在这场突袭中没有收到任何差评。我和 F 并没机会多聊，争分夺秒地各自奔赴下一个工作。

这就是我们平平常常的一天，可能唯一的不同之处，就是那场短暂的崩溃。所以每次有人跟我讲“分享一下你创业的故事，来激励更多的年轻人如何努力吧”，我都不知该从何说起。

这是一个可以凭着热血开始的选择，却不能靠热血走完。很多时候，你甚至要比命运本身更善于掌控自己的命运。

采访后第二天，我站在几百人的面前完成了一次演讲。前一晚预演到凌晨四点，练习五十多遍的稿子已经可以倒背如流了，台上的我应该看起来气定神闲，非常自信了。

我测算着每步的距离、双手摆动的幅度，侃侃而谈自己如何从一个热衷分享的网友变成了有上千万关注者的网红，如何从一个职场小白变成了百人创业公司的老板。

台下闪烁着许多灼热的目光，我的 PPT 翻到了有我们第一间办公室照片的那一页。那是在一个联合办公空间里，只塞得下五六张桌子的小屋……

• 初起：网红进化论 •

2014 年夏天，气管手术之后没过多久，我被制片人召唤回项目中写剧本。

做了整整一年多的项目，改过二十几稿剧本，写了六十多万字，无数次大半夜坐在电脑前一边号啕大哭一边敲字。那时候的我像是个轰轰隆隆冒着蒸汽，即将崩溃却还在卖力运转的机器。

那天开会，制片人郑重地找我聊了聊自己全新的感悟和想法，以及要把剧本再次推翻重写的事情。我的耳朵里发出“嗡嗡”的轰鸣，眼前迅速闪过的是烟灰缸里戳满的烟头、电脑键盘上被磨损的字母和分不清白天黑夜的书桌……无比强烈的卑微和无力感混着一阵鼻酸涌了上来，好在泪道有坚韧的门卫把守，那股象征软弱和服从的液体坚决不能流出来，坚决不能。

这时候放弃，意味着前功尽弃，一年多的工作除了可怜的稿酬之外再无其他见证，还必须承认自己是一个在行业里工作了两年多却没有任何署名作品的失败编剧。坚持，意味着要面对无限循环的妥协和创作中没有任何话语权的卑微感。

有时候我们选择坚持而不是放弃，是因为放弃比坚持需要的勇气更多。你要面对那个无能的自己，太痛苦了。而这一次，我选择接纳自己的无能。

在家里躺了几天，手机里微信消息提示音响起，发来消息的是我并不熟悉的头像。

很多年之后，为人处世都极为谨慎的大F女士和Trevor可能还是无法想通，怎么会有一个像我这样的人，和一个陌生人在微信里没聊几句便答应见面了。他们还和这样的我，成了生活和工作中最亲密的战友。

F约我在五道营胡同里一间我们都没去过的咖啡馆见面。她看起来眉目清秀，留着披肩的长发，讲话爽朗利落。寒暄几句之后，她开始有条不紊地直入主题。

她说自己和男朋友Trevor从很多年前就在豆瓣关注了我，很多人可能会注意我的照片，但他们认真读了我写的每一段文字。Trevor 总跟她开玩笑地感叹，你看这姑娘长得不错，一直自力更生，并没嫁一个富二代，写东西还挺有意思，我们找她聊聊要不要一起做公众号吧！

那时候自媒体这个概念尚且不为人所熟知，不少媒体从业者只是以写博客的姿态开始在微信公众号这个全新的平台上分享内容。他们把之前大家只能通过杂志看到的信息，以更方便阅读的方式、更个人化的语言分享到社交网络上。

在 Trevor 念叨了几次之后，一向抗拒和陌生人打交道的 F 终于通过共同认识的朋友找到了我的微信。在她第一次鼓起勇气和我提出这个想法时，我却心想：好端端一个编剧，干吗要跑去写博客？写个博客，又干吗要跟人合作？于是婉言拒绝。

Trevor 的性格是不达目的绝不轻易罢休，在自媒体蓬勃发展半年后，作为“幕后推手”的他无法看着市场的红利在慢慢流失而无所作为，又让 F 再次联系了我。

我们三个本来就是彼此世界里的异类：他们从小就是学霸，在英国读完研，回国就进入了国内最顶尖的广告公司，工作几年后又各自跳到车企做了甲方；而我是一个从来不想被工作束缚的自由主义者，每次拿到稿酬就会放下一切跑出国玩。我们如若在现实生活中擦肩而过一万次，大概也不会产生任何交集。

可如今 F 就这样坐在我面前，侃侃而谈她的想法和计划。我也听得有趣，一股脑儿说了些有的没的以及想写的题目。在我们还都很不熟悉彼此的情况下，这一次见面在颇为友善的气氛中结束了。

临走前 F 跟我说：我男朋友发烧在家没有来，下次我们一起再见面呀！后来我才知道，出门前两人因为要和我怎么沟通的问题大吵一架，她才不得已自己出现。而这种争吵在我们日后合作的时光里，成了他们两人的家常便饭。

我第二天醒来时还在琢磨午饭吃什么好，就看到了一封一大早发来的邮件。打开附件，一张看起来精细到吓人的 Excel 表格出现在眼前，里面密密麻麻地呈现了一个对我而言无比庞杂的蓝图：公众号的未来规划、选题分类、变现渠道、如何分工等事项。

本以为只是随口说说的一些想法，就突然被这样强大的执行力变成了待办事项。我思来想去，实在找不到再次拒绝的理由，于是决定凭着直觉先试试看。

合作前我们约法三章：提前谈好一切日后可能涉及的经济问题，大家各司其职，也一定要充分尊重对方的专业，对彼此有任何意见都要第一时间拿出来说清楚。

我们计划要做一个针对年轻女性用户的十项全能有趣生活指南，不做任何一个领域的专家，但要带大家从平凡的每一天里发现自己独特的一面。也是到后来我才发现，自己本来那些通过社交网络随心所欲的分享，还能够成为一些和我处于同样困境的人缓解焦虑的出口。

Trevor 负责公司规划和平台运营，F 负责商务合作和团队管理，我负责内容。2015 年劳动节那天，我们注册了公众号，进入了迷宫一般的后台。

我开始一篇接一篇地码字，大 F 一边帮我整理素材一边规划平台内容，接洽商务资源，而 Trevor 则开始快速计划那些更大更美好的“白日梦”。

他开始每天在组里抛出各种各样的新想法：口红试色最近很流行，是不是可以试试？很多人问大嫂的衣服哪里买的，是不是可以发发？电商是个新趋势，淘宝店要不要做起来，从日常内容里寻找变现的机会？

许多天马行空的想法，F 觉得我们仨执行起来不可能，我则压根儿听不懂。当他第一次说出，说不定一年后公司可以赚到一百万的时候，我俩都觉得他是彻底疯了。

我们奋不顾身地踏入内容创业的浪潮之中，没人笃定知道潮水涌动的方向。

写了几周之后，公众号出现了第一篇阅读量超过十万的内容，这对于当时只有几万读者的新号来说无疑是一个巨大的进步。与此同时，很多客户找上门来提出商业推广的合作，但都被 F 逐一拒绝。我困惑不已，不懂她为什么一边拒绝送上门来的收入，一边还在不停寻找机会。

她很坚定地表示，我们目前首先要做的是丰富优质内容，而且更重要的是，做任何一个行业信誉是第一位的，不是你自己用过几天觉得没问题的产品就可以推荐给别人，我们只做经过市场验证的大品牌。

不多久，我们接下了第一单，是甲壳虫汽车的推广，还得到了很不错的反馈。我那时候才知道在这个行业，汽车广告是一个很高的起点，我们这个很迷你的小团队也有了第一笔进账。Trevor 兴奋地表示，可以开始招人了！

准备大干一场的兴奋劲儿还没过，大 F 就骨折进了医院。Trevor 在冰凉的手术室等候区踩着拖鞋度过了最难熬的六个小时，那时他变成了普通的男朋友，她也变成了一个脆弱的女孩。

但他们只是轻描淡写地告诉我：F 摔了胳膊，需要休养一段时间，不过绝不会耽误我们这边的工作。

而我也鼓足了干劲儿，在家里不知白天黑夜地码字，竭尽所能地掏空了我二十几年的人生阅历。大 F 一边艰难地进行康复治疗，一边单手打字和客户沟通，手臂上多了一道二十厘米的疤痕和一块钢板。Trevor 则时常在半夜喊着梦话惊醒，一边处理他和甲方公司的各种宫斗戏码，一边飞速策划着公众号的下一步动向。

那段时间他们都并未辞职，各自还有一份主业。于是只能白天在公司上班，晚上在家里加班。

两人都对辞职这件事犹豫不决，我也不愿意给出更多笃定。本来想谈一段试试看的恋爱，没想到直接到了要谈婚论嫁的地步，这种但凡选择辞职就意味着要孤注一掷的信号，也让我开始有些退缩了。

毕竟，工作的想法和做事习惯都天差地别的我们，甚至都不是一个像夏天，一个像秋天，而是一个在南极，一个在北极。

直到有一天，F 在后台看到了一条很长的留言。留言来自一个丈夫去世后独自抚养小孩的妈妈，她说每天安抚小孩睡着后，在自己最疲惫的时候打开我们的文章读完，是一天中最治愈的一件事了。她回复：其实，你们也是我一直坚持下去的动力。

那晚 F 思来想去，觉得自己从未偏离轨道的人生突然出现了一条越来越清晰的岔路，而那个方向深深吸引着她，让她脱离曾经安稳、明确的轨迹，朝一个更远大的同时充满未知的目标前行。

她决定辞职开始正式创业了。

2016 年，我们在光华路 SOHO 的联合办公空间租下一个小小的单间。Trevor 像终于得到了梦想中礼物的小男孩，在办公室里前前后后地倒腾桌椅的布局、装饰画的角度。经常是等其他人都离开了他还是舍不得走，背着手在联合空间各处晃悠，隔着玻璃窗四处打量，想要物色一间未来可以用的更大的办公室。

他们找来了早年在广告公司里一手带出来的徒弟麦麦、靠谱同事小酸奶，我找来了自己的发小鸡蛋，又招聘来一个文采不错心也很细腻的姑娘keke。大家摆上各自的电脑、植物和茶杯，小办公室一下子就有模有样了。

刚上班的时候，我经常会在茶水间精心挑选茶包，看着那些白领如何倒水，觉得一切新鲜又激动人心。我们开始挤在这十几平米的空间里没日没夜地运转，我经常写着稿子就在公共区域的沙发上睡着，生活里没有了周末甚至日夜的概念。

想起以前做自由职业时特别抵触朝九晚五，觉得简直太无聊了。创业之后才体会到，如果能有一周过上朝九晚五的生活，那简直像做梦一样幸福——在自媒体这个 365 天每天都要更新内容、追求时效的行业里，没有人是可以真正放下手机休息一刻的。

F 因为每天要处理各种细碎的事情，变得越来越不安和易怒。她会在 Trevor 面前号啕大哭，感叹自己以前的老板带十个人的团队都是游刃有余的样子，而自己现在带不到五人的团队就这么局促了。那个一直说自己撑不住要放弃的她，全然想不到仅仅两年之后，这个团队就拥有了快一百人的规模。

Trevor 是个很坚定又干劲儿十足的船长，总有用不完的热情和精力，在他眼里就没什么想得到做不到的事。公司刚在一个领域安定下来，就要迅速跳出安全区去创建新的可能。

两个人的生活也渐渐被工作吞没，就连茶余饭后的话题也离不开公司大大小小的事务。

那段时间，高强度的内容输出也把我推到了枯竭的边缘，看到 Word 文档就不自觉地想要呕吐。遇到这两人之前，我一直是周围人眼里学习认真工作靠谱的好青年，而创业之后，我每天不是在被质疑，就是在质疑自己。日常听到最多的两句话便是："我们太慢了"以及"还没做怎么就知道不可以"。

我无法适应他们不近人情的沟通方式，他们也无法适应我时不时就想放弃的态度和不合规矩的处事方式。

直到有一次，我着急出门拍摄，把一个来不及寄出的快递交给新来的助理瑞瑞帮忙寄送，这事被 F 知道后一个电话追了过来。电话那头的她气到声音颤抖，问我怎么可以让助理寄私人的快递。我解释了缘由，她却一字一句地说："她刚毕业来公司是要学东西的，绝对不是为了来给你寄快递的！这会给她造成什么样的印象？以后大家自己的事情自己做，不要无故给别人添麻烦。"

我心中翻起无比剧烈的恼怒和羞耻，站在车来车往的马路旁边一边大哭一边和她嘶吼起来。杨老师从我手里抢过了电话，Trevor 从 F 手里抢过了电话，两人分头安慰了很久，都没能让我们平复下来。

我有种从未体验过的屈辱感，搞不清楚为什么她永远不给任何人留情面，为什么总要用伤害最大的方式去解决一些立场不同造成的问题。而她不能明白的是，为什么我就不能收敛起那些情绪和自我，犯了错误就承认，有困难就把抱怨咽到肚子里克服，用最专业的态度去面对工作。

那一刻的我们，绝对不能再和彼此共处一秒了。而那段时间，公司也状况连出，鸡蛋因为适应不了工作节奏开始频频犯错，keke 也几乎到了崩溃的边缘，两人相继提出辞职。

好在这一切，都因为小肥羊的出现而得到了暂时的缓解。

小肥羊是标准的时尚科班出身，在英国读的就是时尚专业，回国后进了最知名的杂志社工作。从上一份工作离职后，她休息了很长一段时间，在我们找到她时，她还在反复纠结要不要继续从事这个行业。

那时候我们时尚领域的内容有限，除了几个普通人都知道的国际大牌，我了解的时尚知识简直少到可怜。所以当小肥羊第一次来面试时，我心虚到不行，却忍不住多扫几眼她超长的美腿和利落又时髦的打扮。

她时不时得体地撩一下长发，从衣服到妆容的每一个细节都极为精致。

好在 F 以一个职场人该有的姿态进行了几轮不错的沟通之后，小肥羊确认加入我们团队。

小肥羊的加入拯救了陷在困局里的公司，我们开始开选题会，设计和讨论更有趣的内容形式，F 也专注投入到商务工作中，团队逐步有了更明确的分工合作。2017 年初，在第一次社会招聘后，负责视频的月月、运营的刘莹，负责电商的小溥、贝贝，编辑王佳怡……越来越多的姑娘加入进来，我们变成了一个小有规模的团队。

办公室渐渐坐不下了，大家就只能拿着电脑在联合办公空间打游击，此时 Trevor 做了一个更大胆的决定，租一间属于我们自己的办公室！

“因为公司要做 MCN，招募更多像大嫂一样的博主，帮她们把优质的内容变现，我们要做电商，打破微信只能通过广告赚钱的壁垒。”Trevor 兴奋不已地在一个又一个 PPT 上画下宏伟的蓝图，他说：“有花果今年要赚够第一个一千万！”

当时我和 F 都确定他是疯了，满脑子都是天方夜谭。直到这个数字在不到半年内就达到了，之后的几年里以几倍甚至几十倍的速度翻滚时，我们才开始相信自己踩上了这个行业的风口，是真的在乘风破浪了。

那一年也进入了一个网红经济快速崛起的时期，博主、KOL、Vlogger 交替涌现，普通民众拥有更多的话语权，明星也纷纷卸下光环，开始展示自己作为普通人的日常。表达的欲望和能力，成了这个时代最珍贵的资源之一。

我们也开始意识到，想让事业更好地继续，得先让彼此更好地共处。于是开始试着更冷静地交流和越来越多地换位思考。我放下了一些自我，他们也放下了一些原先不可动摇的原则。

那时候 Trevor 盯紧装修，亲手在新公司墙上贴好“有花果”三个字，我们也终于把那些以前只能在图片上看看的家具搬进了这个属于自己的空间。

铺上桌布，订好火锅，倒上满杯的啤酒痛快干杯！姑娘们第一次看到全新装修好的办公室时都在尖叫，我当时觉得这个新家，是给这些在我们一无所有时带着满腔的热忱加入的伙伴最好的礼物。看着眼前年轻又鲜活的她们，觉得我们会在一起好久好久，会创造一些仅凭一人之力再怎么努力也无法做到的成绩。

在做自媒体的第一年，还不知道品牌会给做公众号的我们送来公关礼物这回事。而这一年，洗手间的浴缸里堆满了快挤到屋顶的公关礼物，都是女孩们梦想得到的最新款。

越来越多的大牌开始来找我们合作，先前几乎从来不出现在任何线下活动的我，也慢慢开始习惯了抛头露面的生活。

公司团队和商业广告业务刚刚搭建起来不久，Trevor 决定再次踏出安全区做一件更疯狂的事：创立我们自己的品牌！

这个叫作 Just Chilling 的生活方式品牌，从选品、找供应链、试用、筛选、结合内容植入等细节开始，一步步有了雏形。Trevor 联络平台、排兵布阵；我包揽下拍照、修图、撰文、排版；F 紧盯着每一次推送的内容、上新的数据和资源调配。

终于，我们点击发送了第一条向大家介绍自有品牌的推文，淘宝店铺也正式成立。

谁都没料到的是，所有这些用心的准备却引起了一场小规模的骂战，大家无法接受我从一个文艺女孩变成了一个卖货的网红。那时候“网红”这个词，总会轻易挑起我抗拒的心理，我开始质疑这个选择是不是错了，是不是真的操之过急。

林壁炫安慰我说，以前大家觉得你是不食人间烟火的仙女，但仙女也要吃饭呀，总不能真的凭一口仙气吊着活下去吧。

慢慢地，我接触到了行业里许许多多的电商网红，发现大家都是以百分之二百的努力在工作，日日夜夜地耕耘，亲力亲为地把控每一个细节。很多人用“拍拍照而已”概括了她们所有的努力，但让她们有所成就的从来不只是美貌和幸运。

我必须得接纳自己就是一个网红，而网红这个词也正在被一种更为专业和积极的精神更新着定义。我意识到：你必须先承认自己，才能让大家承认你在做的事。只有变得更优秀，才能有底气更强大。

我们开始试着去面对所有负面评论，更全面地去总结读者反馈的问题，不肯妥协半分地做出更好的内容，严格地每天按时发布。

我经历过在医院边陪家人做手术，边蹲在走廊埋头码字；在火车上穿越几个车厢找信号回信息；在飞机滑行的最后一刻发出文章；在零下几度的摄影棚里穿吊带衫拍摄；在逼近四十度的高温户外演绎羽绒服……一天工作十五六个小时也成了常态，度假时满脑子都在想什么可以做成内容。

很快，店铺迎来了第一个“双十一”。像许多个为了内容不眠不休的晚上一样，我们一直改稿到凌晨。当时正休假的小肥羊在农村奶奶家探亲，因为和奶奶睡在一起，所以手机不敢开声音。她告诉我，自己会一直握着手机不睡着，如果改完了立刻给她打电话，她就起来检查定稿。

我和她交替站岗，直到窗外渐渐透出了晨光。等我抓着手机醒来的时候，发现我们店铺经历的第一个“双十一”当晚的销量，一个小时内就已经突破一百万了。

随着业务不断多样化，公司快速扩张，第二、第三个办公室都不到半年就塞满了人。2018 年，我们在北京 CBD 租下了近千平米的办公空间，上海分公司也正式成立。

公司靠着扎实的内容渐渐积累了越来越好的品牌资源，也吸引了更多各领域的博主加入。Trevor 开始更有策略地着手拓展公司的 MCN 和其他新业务，F 带领团队帮 KOL 们处理各类商务工作，有花果在 2019 年底已经签约和孵化了超过 200 个自媒体账号，全网覆盖的粉丝量也超过一亿……这些以前想都不敢想的目标，靠着大家共同顶住的一股气，一步步变成了现实。

• 转折 :“人设”崩塌 •

想起刚进入互联网时，我还是挺血气方刚的。热衷发表观点，不假思索地表达对一切的喜好厌恶，也总有一堆鼓励的声音支持着。那时候觉得现实世界总在千方百计阻挠我们做自己，但互联网不一样，我们可以畅快地发表言论，尽情地展现自己最真实的一面。

我享受了很多互联网带来的赞美和认可，但经历的第一个至暗时刻，没有任何预兆地来临了。

那是团队刚创立不久，临近我生日的时候，一个香槟品牌希望可以安排一顿生日晚餐，把晚餐时拍下的照片发发微博就好。F 想让很久没有时间约会的我和老杨独处一下，对这个没有费用的简单合作，我没多想便接下了。生日那天刚好有了别的工作安排，于是我们提前几天庆祝。

晚餐结束后，我刚好在赶一篇稿子需要配图，于是把吃饭时拍的一张照片顺手用在了文章里，并先发了出去。等到生日当天我发布了这条晚餐的微博，渲染好浪漫的气氛，表现出因为老杨给我营造了生日惊喜而产生的兴奋感。

没想到微博一发出，就立刻被网友从先前发布文章用过的图片里截获了时间不实的确凿证据。

我并没有意识到大家为何而不满，也不觉得有必要为此道歉——不过就是在一顿晚餐的时间上撒了个小谎而已嘛。于是带着半开玩笑半讥讽的语气回了几个网友。也就是这几句不负责任的回复，彻底激起了众怒。

一瞬间，我被扣上了撒谎、虚荣、作假的帽子。评论里传来大量的骂声，又从微博一路发酵到豆瓣的各种八卦小组，那些我曾经自以为真性情的言论被翻出来，加工和解读之后变得让人无比生厌。欺诈网友、自我炒作等让我人设崩塌的传言也从四面袭来。

在没有跟任何人商量的情况下，我用自己的账号进入八卦小组开始回复，试图用自认为站得住脚的道理来说服所有人，希望他们区分开对我个人和对我团队的攻击，不要把多人共同努力的心血结晶也卷进这场骂战之中。这件事却因为我的亲自加入，彻底沸腾了。

充斥屏幕的谩骂、嘲讽扑面而来，我每一个字的解释都显得愚蠢至极。我还是被解读成了一个处心积虑、爱慕虚荣的女人，一个从来没有一句实话的骗子。

那也是我第一次意识到：社交网络放大了你的优点，也不会放过你的任何污点。

我实在找不到立场解释，悻悻地删掉了微博。

那几天正值“十一”假期，我把自己关在房间里，一遍遍刷着豆瓣八卦小组里不断升级的舆论，开始闷在屋子里没日没夜地哭。

好不容易能休假的 F 和 Trevor 不得不开始处理各种负面言论，情绪压力到达极点的他们也没绷住，大吵了一架。

那件事之后的整整一年，我对社交网络都带着强烈的厌恶和恐惧，每一次输出都伴随着极强的不安全感和不自信。我不敢看任何评论，无论好坏，更没办法直面自己的错误和问题，带着不由自主的抵触情绪机械地输出内容。

我觉得自己将先前在互联网上建立的，那些自以为很牢固的关系亲手切断了。

直到很久之后，在一个素人改造项目中，我遇到了一个叫作靖文的女孩。

当天我们要把一位征集来的读者打扮漂亮，然后带她去参加一个她从未经历的大牌活动，让她体验做博主的一天。

接受改造的靖文看起来很羞涩，她戴着眼镜，脸上布满了小雀斑，扎着一个非常学生气的马尾。我像面对日常所有的工作一样，为她化妆、打扮。吃午饭的时候，靖文主动跟我聊天，她讲话声音压得很低，脸也憋得通红。

“你会不会觉得我跟你们想象中的差太多了？”这是她鼓起勇气跟我说的第一句话，“我长得不好看，不会影响你们最后改造的效果吧？”

我赶紧说了一连串鼓励她的话，她脸上的红色稍微退去了一些，点点头，沉默了一会儿后继续吃饭。

“其实，我正在复读……”她似乎想了很久，才继续开口跟我讲话。她告诉我，自己一直都很想考美术学院，但家里不是很支持。后来她看了我写的一篇关于高考的故事，才发现原来连我这样看起来很自信很厉害的人也经历过非常艰辛的努力，才做到了自己想做的事。这给了她很大的勇气去和家里摊牌，开始准备艺考。

“我一定要考到北京，像你当年一样靠自己的能力去争取自己想要的未来！”说到动情处，靖文低下头开始掉眼泪。我有点不知所措，这个看起来非常温顺乖巧的女孩，却带着一种不愿向任何不甘妥协的力量。

化完妆，她看着镜子里那个非常漂亮的自己，感觉陌生又激动，她说：“原来我还可以这么好看呢！”整个人一下子有了生气，在镜头面前表现得非常自信。

我们给她拍了很多非常好看的照片，在活动上她大方地展现自己，收获了不少关注和赞美。从活动回来的路上，我提醒她一定要记得卸妆。她说，其实这是自己人生里第一次化妆，所以没买过卸妆的东西。我想了想问她，愿不愿意和我一起卸妆。

我们回到摄影棚，我教她怎么卸妆，看着她卸下红妆，又变回了那个羞涩的状态。她对着镜子凝望了一会儿，戴上了眼镜。她说，今天一整天感觉太像做梦了，但这件事就真真实实地发生在了自己身上。

“但经过这次，我起码知道了我还有另外的可能性。”

我送她到门口赶车，等电梯的时候她想了半天，说：“我能抱抱你吗？”

我点点头。她走过来轻轻地抱住我，眼眶红红的，她说感觉自己做了一个特别好的梦，现在结束了。

“但是我真的觉得自己挺漂亮的！以后也可以变得更漂亮。”我们正式告别的时候，她脸上依然挂着很好看的笑容。

我和小文的最后一次对话，停留在那一天她到家后给我报平安的消息。后来我再次刷到她的朋友圈照片，她已经真的变成一个眼神中透着自信的漂亮女孩了。

那是我第一次深切感觉到，自己和那些在互联网背后的人之间的确存在着一种很真实的连接。我的真诚和坚持，是可以被他们感受到的。

后来，每当我觉得被种种误解压迫到窒息时，都会回想起在深秋的长白山里拍摄的一个瞬间。

当时我被安排站在溪水间的一块石头上，四周的天色渐渐黑下来。照亮四周的大灯突然熄火罢工，所有灯光师都围上来抢修。我站在一个孤立的石块中央等待着，望向远方时发现自己和整个摄制组之间隔着一片漆黑，望不到边际的那种黑。

我着实听得见从肺部到气管再到鼻腔的呼吸声和有些加速的心跳，远处抢修的背景音像被调小了音量一般，烘托着一种很异样的平静。我感觉自己被困在一座孤岛上，却没有特别绝望，因为知道总有灯被点亮的那一刻。你会感觉到四周正有人在关切地看着你，他们会走过来拉住你，跨过湍急的溪流，走到一处实实在在的地面上。

灯亮了，不知死活的飞虫成团成簇地扑了上去，我像在海面上孤独地漂流了许久已经决定放弃的人，被来自彼岸的灯火治愈了。

我从来都不是孤身一人啊。

可生活的历练也从不会因为你的成长而轻易间断。2018 年 5 月，一场突如其来的变故再次把我推上了风口浪尖。

那段时间我们正在备战戛纳电影节走红毯环节，刚开会讨论完紧凑行程的我在法国准备带着同事们大吃一顿，这时候突然接到了一个电话。

大 F 在电话那头用特别冷静的声音说，你什么都别看，也什么都别问，该干吗干吗，但不要再看微博，也不要回复任何人的问题。公司之前离职的一个员工开始在网上攻击我们，情况正得到控制。

我一边心跳加速，一边忍不住偷偷在网上搜了一下自己的名字，整屏整屏谩骂的言论疯狂跳了出来，好像要穿透手机屏幕吞噬掉我。我赶紧关掉了页面，瞥向窗外，当年把自己闷在屋子里无声呐喊的感觉又回来了。

同事在旁边讨论着明天密集的安排，我的眼泪不听使唤地在流。我只能死死把脸贴紧窗户，直到确认能控制自己不被看出任何波澜之后，才转过身去和她们继续讨论明天的工作。

后来才知道一切都是源于我和那位离职的同事因为对工作责任界定以及立场的不同产生的分歧。当时我没多想就把“每个人都要对自己的工作负责”之类的个人感悟发布到了微博，却让同事感觉到自己被一个曾经无比在意的人公开指责了。

这番言论让他认为自己受到了极大的羞辱和不理解，于是他也要让我体验身败名裂的滋味。

在一篇爆料帖中，我被描绘成了一个虚荣心膨胀的网红，一个刁钻、功利、黑心的蛇蝎老板，许多和同事间不经意的玩笑变成了刺耳的冷嘲热讽，许多琐碎的细节被拼凑成了一把锐利的刀子，刺穿我的五脏六腑。很快，铺天盖地的营销号把事情越炒越热，被曲解的故事已经被各路八卦号编撰成了喜闻乐见的荒唐事，负面言论在各大平台蜂拥而起。

除了暂时保持沉默不让事态扩大，我们别无选择。

有一天我正在拍摄，F 打来电话和我沟通事件的后续进展，言辞之中却表示是因为我的公开言论不当而像蝴蝶效应一般导致公司正在面临很困难的局面。这句话完全点燃了我积压许久的情绪，我开始和她争辩。

我不觉得自己说错了什么，她却觉得我从来都不能正视自己的问题。我们越吵越凶，她从办公室跑到了楼梯间，我从拍摄现场跑到了化妆间，两人毫不退让地据理力争，也吼得声嘶力竭。

这一次争吵好像掏空了我们最后的耐心，我的眼泪像泄洪一般，她也表示再也不想因为这些愚蠢的错误给我擦屁股了。

后来我才知道，F 和 Trevor 为了处理这件事几乎整整一周都没睡觉，他们快速联络了律师团队，一边搜集证据为推翻这些不实言论做公证，一边安抚公司里躁动的人心。

为了不让我看到更多负面信息，F 接管了我的几个社交平台账号。可我每天打开手机仍会看到数不清的恶评从评论里、私信里冒出来，有讥讽诅咒的，有谩骂家人的……各种负面言论像伤口止不住地汩汩冒血，一篇又一篇爆料文章快速达到 10 万 + 的阅读量。就连老亚也看到了帖子，向他们询问经过。

第一次经历这一切的 F，突然感觉一切都失控了。她瘫软在客厅地板上，一边竭力控制住自己发抖的声音，一边和律师不停地打电话。而那时的我却觉得自己只是在错误的时机，说了一句正确的话罢了。

创业的残酷几乎吞没了我们感知快乐的能力，我越来越憎恶这种要时刻展现美好一面的工作，憎恶那所谓的光鲜亮丽，那些永远堆积如山的衣服和永无止境的出差。

那时的我只想立刻不顾一切地跑开，离开社交网络，离开那些必须遵循的大道理和责任的无底洞。

“我可以什么都不要，也请你们不要再用任何方式逼迫我做一个别人心目中的懂事大人了。”在公司会议室，我说出这句话的时候全身都在发抖。

我们坐在这个曾经充满希望和斗志的屋子里，谈了整整五个小时，他们没有动摇我，我也没有说服他们。

那一晚，Trevor 第一次在我面前掉眼泪了。他说，有花果是大家的孩子，你现在真的忍心亲手杀死它吗？F 则一言不发地开始处理公司解散期间要安排的事情。

我面无表情地看着他们。无论遇到多艰难的局面，我们都从未让自己完全地崩溃过。开工照常，处理别人的情绪照常，只是心被挤压得好像一个布满裂纹的玻璃水箱，你总觉得下一秒要汹涌而出的一切，还是被憋在这个偌大的水箱中，也不知道是用什么怪力在支撑。

准备解散公司的那一个月，我们分别给一些还没处理完的工作收尾。

F 依然每天都在公司被各个部门的人围堵住，快速地做出各种决断，再拿起手机回复里面上百条的未读消息。她还是陷在头痛、心慌、呕吐、神经衰弱和长期失眠的状态里反反复复，身体也越来越虚弱。

终于，在长谈几次后，她同意去看医生了。

从医院出来的时候她打电话告诉我，确诊了重度抑郁和焦虑症，医生开了很多药，但她害怕自己开始吃药就没办法正常工作了。

“不过也没关系，应该很快就可以休息一段时间了。”她尽可能不再在我面前表现出波动。

不久之后，有人看中公司的资源和能力，提出想要和Trevor、F共同成立一个新公司，搭建一个新的团队来复制我们的模式，只是合作的人里不再有我。这个提议被他们在私下就断然拒绝了，也并未在当时拿来当作撼动我，让我不再想解散公司的砝码。

F确诊的那段时间，我们被一股奇妙的力量重新联结到了一起。她开始向我敞开心扉，我也慢慢意识到自己存在的问题。

当影响力渐渐扩大，我的一切言行举止也都必然会被放大。那些在互联网上发出的声音，都不再仅仅代表着我个人的情绪和想法了，而是会触及很多人的价值观。同时，作为一个团队的核心，我在任何一次判断时的不谨慎，任何一番没经过深思熟虑的言论，都可能让整个公司面临伤筋动骨的冲击。

接纳否定的过程真的很痛苦，而不承认做错事也并不是个对自己真正有利的防御机制。

很多年后我才知道，在回绝那次挖墙脚的时候，Trevor坚定地告诉对方：“无论在怎样的局面下，我们三个都是一个整体，在任何情况下都不可能甩开彼此。”

想来这些年无论经历再多的争执和矛盾，我们都从未因为利益而跟对方眼红过一次，是靠着信任而不是怀疑的力量，才能走到了这么远的今天啊。

那次深夜里的谈话，我们三人都再也没提起。一切工作如往常般快速地进行，他们悄悄调整着我的工作量，也调整着自己谈论问题的方式。我也变得越来越注意自己待人处事的言行和边界。

想起伊坂幸太郎在《余生皆假期》中写过：面对着巨大的敌人，有时是顾不了太多的，就算在逃亡中舍弃了原本的自我，也是无可奈何的事，就像被洪水卷走时，为了活下去必须舍弃行李与衣物一样。虽然失去了很多东西，至少没有完全失去人生。

回想起这段总觉得自己放弃了很多自由的岁月，人生却似乎在向更完整的地方走去。我不知道这样的成长是否值得，但总有很多时刻，出于想争一口气的意念也好，对别人的责任也罢，还是会试着再努力一把，才能甘心放弃啊。

• 前行：人生没有舒适圈 •

创业让我最能放平心态接纳的一件事，就是每天都要全身心地做好随时跳出舒适圈的准备。第一次街拍，如何不顾路人的眼光摆出各种夸张的姿势；第一次拍 Vlog，怎么拿着相机旁若无人地和大家交谈；第一次在晚宴上社交，第一次采访明星，第一次参加时装周……其实每接触一个新的领域，我都是诚惶诚恐的。

时尚圈有各种严苛的规则，精密得像一台仪器。许多时尚博主都是高颜值加高学历，留学时就已经对大牌们如数家珍，早早积累了丰厚的品牌资源，也经历过时尚圈残酷的重重历练。而当他们终于能在后台见到自己仰慕已久的设计师时，我却还在努力分辨那些大牌背后的名字到底都是谁。

2016 年，在我们创业的第二年年初，我第一次来到时装周。记得当时看的第一场秀是 Max Mara 的米兰春夏大秀，我准备了一身正红色的西装，找裁缝改到最合体的尺寸，晚上兴奋到睡不着，提前四小时就起床准备妆发，提前四十分钟到达现场。四周只有一早赶来抓拍的记者，沿着那条短短的马路走到秀场门口的时候，一堆相机朝向我，我感到前所未有的紧张和兴奋，努力让自己不要露怯，脑中快速滚动着各种在杂志里看到过的姿势，步伐不敢太快，也不敢停下。

穿着高跟鞋在门口站了半个多小时，反反复复地走了几遍那条马路，拍我的镜头越来越少。这时候看秀的明星、博主、杂志主编、社会名流也陆续赶来，大家好像谁和谁都认识，边自然地寒暄边快步走进现场，偶尔向那些几乎要冲到马路中央追拍他们的摄影师抛出几个利落的定格。

现场热闹的聊天声还没完全落下，音乐就响起了，整个气氛一下子像被带到了另一个次元一般，现场只听得到模特的脚步声和相机交错的快门声。等我刚刚从心跳加速的状态里平复下来，秀就结束了，一看时间，仅仅过了不到十五分钟。

四周很多人站起来快速冲向门口，有的博主甚至直接开始换发型换外套了。后来我才知道，原来不是所有人都只看一场秀，大家要在一天之内一场一场地赶秀，而这个从选模特、搭建舞台、彩排到走秀的漫长过程，也仅在这十几分钟之后就全部归零了。

秀一结束，一堆工人便进到现场来迅速拆卸，他们还要为第二天的秀准备装台。

许多充满传奇元素的建筑都被快速运用，变成一个个展现当季潮流的舞台：巴黎大皇宫、布鲁克林美术馆、蒙达多利总部、马布里落日海滩……从工厂到宫殿，从历史建筑到当代名胜，都因为天才般的想象力而焕发了让人惊叹的生命力。

我渐渐明白大牌为何会被一代又一代的痴迷者追逐，也开始经历很多个我踏进时尚领域的第一次：从在公共场合用英文交流都会脸红，到流利地全英文采访奥斯卡奖提名导演；从搞不清每个季度的流行趋势，到跑遍了四大时装周，熟知了每一个品牌每一季的设计理念。也接到了越来越多的大品牌拍摄邀约，从衬衣系到第几颗纽扣到每一款包的拿法，了解到这些品牌对每一次拍摄视觉和理念的把控，都是如何精雕细琢的。

2018 年，第三年来到时装周的我已经驾轻就熟。那时候和摄影师两人拖着五个大箱子去到纽约，然后是伦敦、米兰、巴黎，我也成了那个在一场秀结束后就要飞奔去下一场的人。每一场秀、每一个活动都是一场小小的战役。

打电话联络酒店，沟通行程，寄取样衣。白天赶场时经常要穿着十厘米的高跟鞋在石板路上奔跑，一整天不吃不喝不上厕所是经常的事。晚上搭配好第二天的数套衣服，处理完白天积攒的工作，睡两三个小时再起来继续。

我们拖着越来越多的箱子不停换酒店和城市，几乎每天早上醒来，我都要先定神想一下自己正身处哪个城市。

记得有一天在米兰，顺利结束了八个工作，去最后一站的路上遇到整个城市的交通大堵塞，司机让我下车搭乘公共交通工具。我二话没说，穿着很夸张的礼服冲上了一辆即将开走的电车，最后准时赶上了那场晚宴。

晚宴结束后回酒店的路上，我举起相机拍 Vlog 说：“感觉许多不可思议的、好像没办法做到的事，真的就这样靠着大家一起的努力做到了啊！”

放下相机的时候，我发现大教堂前的广场很空旷，白天几乎没有一寸土地可以喘息的地方，也有一个安静到这么寂寥的时刻啊。我突然一阵鼻酸，蹲在广场中央大哭了一场。

没办法形容的孤独感和积累下来的疲惫汹涌袭来，我真的太想念家里沙发上松软的阳光味，扑麻身上的奶香和嘴边没擦干净的狗粮，想念杨老师的眼睫毛，朋友间无所事事的闲聊了……但总有一股让我想更多了解新鲜事物的力量，推动着我，使我不能停下来。

那一年，我们跑遍了四大时装周，看了 50 多场秀，飞行了 156 次。而 F 和 Trevor 也带领着背后的整个团队，以很难想象的节奏快速运转公司、扩大规模。

2019 年第四次征战时装周，和我一起前往的已经有七个同事了。大家分头负责造型、行程联络、拍摄剪辑修片等工作，让先前仓促慌乱的一切都有了正常运转的可能。

那一年，*VOGUE* 报道了中国 TOP 9 的时尚博主，发布在十三个国家和地区的版本中，福布斯 TOP 50 KOL 榜单、广告业内知名的金瞳奖、年度内容创业公司 100 强，这些里面都有了我们的名字。

想起一次和朋友吃饭，她对我说，你们所在的行业真的特别让人羡慕，每天全世界各地飞，过着几乎所有女孩都羡慕的生活。当她向我咨询要怎么成为一个像我这么“自由洒脱”的人时，我竟然一下语塞了。

我脑中快速闪现了许多这些年生活中极为狼狈的画面，一时不知道从何解释。想了想只能回答：其实也和大部分工作一样，得到和放弃的一样多罢了。

当我从时装周回来，拖着无数个大箱子回到北京后，在家中接到了一个快递。打开后，看到是一份老杨公司寄来的股东协议终止合同。他一手搭建的公司，还是没扛住那一年影视行业的巨大变数，几位合伙人一起决定解散了。

我看着他签下协议又寄出，然后继续回复那些糟心的信息，接洽一个又一个不知道命运的项目。我问他，会觉得特别特别沮丧吗？他说，当然会了，但至少试过全力以赴。

“你看，不是所有的全力付出都会得到好的结果，所以你虽然很辛苦，但付出都没有被辜负，这就很幸运啦！”他说。

• 未完待续：梦想是最大的糖衣炮弹 •

如果你问我：对这份工作热爱吗？我只能说从中体会到的痛苦时常超越快乐。如果你问我：能舍弃眼前拥有的一切吗？我只能说依然时常会有想放过自己的冲动，但好像总有一些比自由更重要的东西，牵引着我再往前走一步。

你可能会很沮丧地开始意识到：成人世界里从来没有绝对意义上的快乐和不快乐，你热爱又不辛苦的工作，可能根本不存在，而你所羡慕的所有人生，都需要付出比想象中更多的努力才能拥有。

2019 年公司年会，有近一百人在场。人事部、内容部、视频部、设计部、商务部、运营部、电商部、签约孵化部、产品开发部等若干个部门都各自准备了节目。酒过几巡，眼前的火锅也灭了烟火，我们一会儿大笑一会儿大哭，仿佛要把这一年积攒的辛苦和野心在那一晚全部痛快发泄。

杨老师戳了戳我说，当时在 SOHO 陪我办公时最熟悉的那些面孔，现在只剩下几个了。“那个运营部的莹莹，”他指了指远处那个哭得泣不成声的女孩说，“是不是每一次年会都会哭一次？她已经跟随你们奋战了四年吧！”

才四年吗？我脑子里闪过好多好多画面，这四年像过了一辈子那么长。我看向一边的 Trevor 和 F，他们像两个满足的大家长一样看着这场放纵的欢腾。

因为对我们三个人来说，无论公司发展得多壮大多快速，都不足以让我们变得更加乐观。对于每个创业者来说都一样，比享受眼前荣耀更踏实的，就是在绵延不绝的压力中奋力求生。

可谁的人生不是关关难过，关关过？

喝到微醺的 F 点了一首《时间煮雨》，有一句歌词写道：我们说好不分离，要一直一直在一起。可能也是借着点酒劲儿，一向独立深沉的她当时把头抵在我头上，大哭起来。我心想：这可是来自一个即便宇宙坍塌都不会眨一下眼睛的大天蝎的眼泪啊！

在回家的路上我想：如果时间倒回到几年前，我死都不会相信我们三个会成为关系这样紧密的朋友和战友。死都不！对我来说，世界上也没有几个人可以像他们这样，用非常理智的爱和细腻又严格的关照，让我逐步成长为一个愿意选择扛起挑战和责任的成年人。

后来，小肥羊递上了辞职申请，她决定开始做个全职博主，为此放弃了有花果内容总监的职位。

在公司越来越壮大的内容团队里，每个人都在渴求吸收和成长，内容要创新，KPI要顾及，同时，小肥羊还要不间断地更新自己的公众号。内容总监和博主这两个身份把她拉扯到了极限，即便再怎么努力平衡也没办法挤出任何一点私人时间。

她早上总会哭着醒来，一路开着车哭到公司，在深呼吸中再把眼泪擦干上楼继续工作。

她说："我曾经对自己发过誓，绝对不会离开你们，也绝对不会放弃自己热爱的这份工作……但公司成长的速度已经超越了我目前的能力，我快被压垮了。"

我依然记得SOHO办公室里那个又高又瘦的正妹，被我夸外套好看时突然露出傻呵呵的笑容；记得那个在办公室里发出疯疯癫癫怪叫的女孩；记得那个在酒店火警警报响起时拎起电脑冲下楼继续赶稿的女孩专注的脸；记得她和我站在公司楼下一边瑟瑟发抖地等车，一边问我："是不是我的到来让内容变差了？我是不是做得很糟糕？”

也正是她，带领着只有一个人的内容团队成长到十几人，让我们的公众号从无人知晓变成了能在各种排行榜上名列前十的账号。

这些姑娘，在多数人眼里都过着很光鲜的生活：时装编辑、美妆编辑、新媒体运营……这些听起来挺体面的头衔背后，是无数个不眠不休的日日夜夜，是一个小小的失误可能会造成重大危机的压力。她们每天穿着时髦的衣服，化着精致的妆容，却必须在快速变化的压力下学会吞下自己的挫败和辛苦。

“我们有空再一起喝一杯吧，”我说，“喝到不省人事的那种，再也不聊工作了。”

在那段时间，F 和 Trevor 决定结束他们整整七年朝夕相处的情侣关系，决定分手。

他们还是没能扛住从公司到家里甚至旅行中，从生活乐趣到日常琐事都被工作团团围住的窒息感，一次又一次的争执消磨着他们眼里那个闪闪发光的对方。

两人艰难地放下了那些曾经共同搭建的美好回忆，各自带着缺失了一半的心脏，重新做回了同事。

他们在工作中继续并肩作战，没被人觉察任何让工作受影响的状况。而那些老板身份背后彻夜难眠的焦虑，对公司未来的恐慌，看着精心培养的员工离开时的疼痛，一次次躲进厕所和楼道里的痛哭和争执……也是永远不会被发现的。

毕竟无论发生什么，他们总会像往常一样，平静地出现在公司。

那一年在长滩岛团建时F过生日，虽然我俩住在一个房间，但我还是把想说的话偷偷写到了大家一起送她的卡片里。

我写道：

亲爱的大F女士，生日快乐。虽然从美貌到时髦度上都相距甚远，但每次想到你，我都会想到《请回答1988》里的豹子女士——一个脸比谁都臭，心比谁都暖的大家伙妈妈。你知道，我对我爱的人很不会说体己话儿，但我觉得如果能让我这么话痨的人都憋在心里的感情，那应该真的很深沉吧。

今天看着你背影的时候我还在想，好瘦啊，怎么总有力量扛起许多天大的事，还有有花果百余个小猴子的喜怒哀乐。

希望你永远健康，继续冷漠，你的冷漠可以融化许多、许多。

如果你现在问我创业这件事意味着什么，我会告诉你：意味着你生活中一切曾经很重要的事，都要开始给工作让路；意味着你会在不间断的痛苦、自我否定、软弱和坚韧交替中自我切割；意味着再也没有真正意义上的休息，你要开始成为一个永动机，掏空心血不间断地输出；意味着你要变得冷酷，又不能失去热忱，你要面对背叛、逃离、放弃，却不能动摇自己的意志；意味着你要比所有人快一步，也要在心急如焚时学会慢慢来。

我时常觉得创业这条路很像西西弗斯的神话，永远在往山顶推石头，却永远无法到达一个真正的顶峰。但就像加缪说的，西西弗斯的全部快乐就在于：他的命运是属于他的，他的岩石是他的事情。他是自己生活的主人。

如果有一些事可以让我心甘情愿地交付自己的全部热血，那一定不是梦想这颗糖衣炮弹，而是那些在没彻底做好之前，还不必急着说再见的事。

请你保佑我人生里再没有无常。

The Planet as My
Disco Light

二十岁的
一封遗书

躺在病床上，其实大部分时间是睡不着的，但我不太敢张开眼睛看，因为总会看到蜷缩在行军床上的老亚，好像她在竖着耳朵听我的一举一动，随时会翻起身来盯住我。也不太敢因为疼痛而发出什么声音，毕竟隔壁床病人的呼吸机依然有规律地起伏，她只被留下了三分之一的胃，每天靠注射流食存活；再隔壁的老太太上周刚被固定在床上，整整一个月都不能活动，她似乎已经和死亡完成了最终回的谈判，决定不在人间留下任何温存了，所以她开始拒绝与任何人交谈。

于是我只能闭紧眼睛，脑中飞速转出很多病好之后要做的事，想着或许能睡着一小会儿，再惊醒。直到背后灼热到实在耐不住，再轻声叫起妈妈来给我翻身。

我的家人一大半都是医生，对从小闻着消毒水长大的我而言，那味道好像所有人身上自带的气味一样自然。每次放学跑到医院里等妈妈下班，躺在病床上的时候我可以随时睡着，看到被推进来的血肉模糊的病人，目光也不躲闪。

医院对我来说一直都是很有安全感的地方。说真的，直到自己变成病人之前，我都不知道这是一个如此让人想逃离的地方。

回想起自己身体还健康的时候，偶尔会因为生活里一些沮丧的时刻很想要去残害它。会熬夜，会暴饮暴食，会喝得烂醉或者渴望一死了之……但直到那次真正和死神并肩前行时才发现，回到正常世界里过再怎么乏味的生活，也比做一个任凭命运摆布的病人要好得多。

2013 年，我被困在一个总也写不完的剧本里，看不到尽头。每天吸着大北京的雾霾开会，回家熬夜赶稿，因为总相信自己身体底子硬朗，从小感冒发烧也都是不吃药不治疗撑过来的，所以也并没把那段时间越来越频繁的咳嗽放在心上。

终于有几次咳出了血丝，又成了小血块，无奈才去医院做了检查。检查的结果有些模棱两可，医生建议住院做进一步的气管镜检查。“当然，如果再等等，看这个阴影的发展情况，也不是完全不可以。”

因为医生一句话的摇摆，我毅然选择了相信身体的自愈能力，继续回到工作战场没日没夜地厮杀。几个月后，我开始在更频繁的咳嗽后吐出一大口一大口的鲜血了……

不知道哪来的倔强，我依然不肯去医院复查，老杨几乎强行把我架到了医院。赶到时已经很晚，只能挂急诊了。在急诊室等待造影结果的时候，我依然专注地在回复那些并不紧急的工作消息，医生喊我们过去时甚至都没注意听自己的名字。

直到瞥到医生脸上逐渐凝重的表情，我才知道，事情并不是我想的那么简单——医生告诉我们，大概率是个肿瘤，做进一步检查才能确诊。

我突然想起前几年朋友妈妈查出癌症晚期时，她说："仅仅过了半个小时，我在乎的一切突然都变得毫无意义了。"

那时候好像有一个从天而降的重锤，猛地把我砸醒，脑海里闪过的全都是那些咳在纸巾上、马桶上的血迹。

坐上了去往老家的航班准备手术，见到老亚时，她一如既往地相当乐观，说是已经联系好了当地最好的呼吸科医生，计划明天去医院做气管镜，然后直接做微创手术切掉肿瘤，大概三天就可以恢复好。

"对了，我买的新房子要开始装修了，这次回来刚好带你过去看看！"她的积极乐观也让我安心了不少，当晚踏踏实实地睡了一个无梦的好觉。

第二天去医院拿出在急诊造影的片子，医生端详了好一会儿告诉我们，这个手术呼吸科可能无法处理，建议到胸外科再问问。当时我有点乱了阵脚，根本想不通只是气管上长了东西而已，至于要到胸外科问诊吗？

见过许多大场面的老亚看起来还算淡定，紧急联系了胸外科的医生，等到医生再次一脸凝重地看着片子时，我在她脸上看到了巨大的不安突然涌现出来。

医生说，这应该是个肿瘤，但因为看起来已经遮挡了三分之二的气管，所以不敢轻易做病理切片，大概率要做开胸手术才能处理，希望我们做好准备。

老亚的声音开始发抖了，她询问医生什么时候能安排手术，得到的答案却是目前在当地医院没有足够的技术支撑手术，建议我们回北京找最好的医生。

肿瘤附着在支气管与主气管的交界处，因为拖延太久，如今已经非常脆弱了，任何检测都可能导致肿瘤破裂而肺充血直接死亡，所以目前也无法通过任何方法判断肿瘤属于恶性还是良性，只能直接手术。

离开医院的时候我一直在试图宽慰她，前言不搭后语地不停讲话，我说 :“没事啦，不要担心，切掉就好啦！”她却看着我用很冷静的声音说 :“有事就是有事，不用装没事，我们就是遇上一个很大很难的坎，得一起迈过去。”

老亚脸上写着我见过最复杂的表情，是理智丧失前紧紧抓住的最后一丝镇定。话音刚落，我看见她最终没忍住的眼泪流了下来。看惯了她的波澜不惊，一时间尴尬完全顶替了我该有的难过，我赶紧别过头去看着窗外，不敢再多说话。

下午她照常带我看了新房子，跟我讲每个房间到时候要怎么设计，一时间我几乎忘了自己生病的事，心上闷闷的大石头被她挥舞的手、比画出的那些未来图景暂时搬走。

直到上飞机前给老杨打电话复述病情时，他虚弱的声音才把我拉回了现实世界。

回北京的飞机上，我闷声大哭了一路，哭到四周的空气都凝结了，空姐也不敢过来寒暄。我分明记得，那些眼泪里的愤怒其实大过恐惧。

苏珊·桑塔格曾写过自己对“生病的恼怒”，感觉身体背叛和远离了自己。但我对那次生病最大的愤怒并不是身体的背离而是我的自私，因为我的拖沓和自以为是，家人不得不经受如此痛苦的折磨。

落地后我特地跑到洗手间擦干眼泪，看着镜子里的自己说：从现在这一刻开始不准再哭了，如果你不能独立地解决麻烦，至少少给那些爱你的人添麻烦。

走到出站口，我一眼看见老杨写满了疲倦的脸，他看起来好几天没睡着了。他一言不发，走上来紧紧地抱住我，即便隔着厚厚的衣服我也能感到他身体在微微发抖，就像在试图用全部力气把我紧紧抓在手里。

起初家里联络的几间医院，在看过我的片子后都婉拒了手术，老杨开始拿我的片子四处求医，却还是得到许多不乐观的回复：全市每年只有几十例的稀少病例，手术难度很大，肿瘤位置险恶、太易破裂，死亡概率颇高……许多医生得知患者年龄后觉得我实在太年轻，最终都不愿接下手术。终于，在绝望边缘时，朝阳医院的胸外科主任接下了我这个病例。

住进医院后要进行为期一周的常规检查，病房四周都是看起来很虚弱的病人。而我感觉身体好极了，吃饭很大口，也不再怎么咳嗽了，似乎自己只是个穿着病号服的正常人，混迹在病人中偷来一个假期而已。

手术前几天，在我苦苦哀求下，老杨终于答应跟医院请假带我出去一趟。我洗了个过瘾的热水澡，又跑到朋友家里吃饭。朋友林壁炫很隆重地做了四菜一汤，炖了一大锅我最爱喝的鸡汤。

我一碗接一碗地盛汤喝，直到刮干净最后一点残羹后，才摸着肚子倒在沙发上感叹：真的好满足啊，感觉现在即便就这样死掉也没关系了！

我这句玩笑话却一下子惹起众怒，朋友翻着白眼说："如果不是因为你生病，拖鞋就砸到你脸上了！说什么屁话呢。"

"放心啦，"我拍拍他的肩膀，"我会活着回来继续找你混吃混喝的！"

医院像个装修温馨的监狱，我在人间享受了一遭后，还是百般不情愿地回来了。这里的作息被强制安排得过分健康，三餐定时，十点熄灯睡觉，早上不到六点就开始热闹起来了。我们像回到了大学谈恋爱的时候一样，赶着熄灯前最后一点时间不想放手地回宿舍，在医院里手拉手一圈圈遛弯儿。

走到一个空旷的走廊里，时间快到晚上十点了，我像怕被教导主任逮到一般，抓紧最后的时间抱紧他一会儿。站在走廊的落地窗前，我看着两个人在玻璃上的倒影，同窗户外漆黑夜里的万家灯火融为一体。我没忍住掉了一点点眼泪，又怕被他看到，赶紧假装打了个喷嚏，趁机把眼泪蹭在衣服上。

老亚是在我手术前一晚才赶到的，因为她到达时刚好过了探视时间，只能约好第二天在手术室门口和我见面。关机前看到一个不常联络的朋友发来的微信：“明天几小时在黑暗里将是孤独的战斗，要加油，要有决心赢。只有你能拯救世界，拜托了！”

这是我们大学时排练的村上春树短篇小说《青蛙君拯救东京》里的梗，我告诉他，我会带着那个可以拯救世界的青蛙君一起醒来的。

我转头看到病床上一个很隐蔽的角落，印着 HOPEFUL 的字样，字体小小的很难被发现，我摸着它心想：如此自私的我，务必要为了这些让我生命变得更有意义的人而好好珍惜自己啊。

那一刻，我已经和恐惧达成和解，它送给我平静当作礼物。

隔壁床躺着一个进行了三次手术，大约因为感染而迟迟不能退烧的老太太，正在哼哼地哭泣；另一位更乐观一些的奶奶，一边喝着中药一边表示这和咖啡的味道差不多。我大概是整个胸外科最年轻的病人，但我看着她们的生命，也并没有丝毫衰落的迹象嘛。

第二天手术前，例行查房的医生护士呼啦啦拥进来，他们笑着鼓励我别害怕，顺利的话应该几个小时就可以出来了，又讲了一些术前术后的注意事项，看起来体面、温和，让人非常安心。

从另一个视角看这个查房的场景其实有点奇妙，而我恰好就经历过另一个视角。

小时候在医院陪老亚值夜班，经常会在一大早看着医生护士们在护士站集合，拿出一本又一本厚实的病案，从一个房间走入另一个，长长的走廊这么一间间走过去，仅仅一个上午就要过目几百个人的病痛生死。

病案上的人来来往往，有的活下来了，有的就真的在那几页纸上终结了人生。我以前常常感叹老亚是个感情太少波动的人，直到自己躺在病床上时才知道，他们的确要有很坚硬的心脏才行。

同屋的病友和家属纷纷给我打气，乐观老太太说，她已经做过四五次手术了，一点也不可怕！我被插上尿管和氧气管，老亚赶来医院时，病床正要被推去准备间排队。她拦住病床问护士："能不能再等两分钟？她爱人正在停车，在进手术室之前还是见一面比较好。"

我忍不住笑她把气氛搞得太悲壮。老杨气喘吁吁地跑上来，他看到浑身插着管子的我先是愣住了，一时间不知道能不能碰我，后来把手轻轻放在我的额头上抚摸了两下。

他说："加油，我们等你。"

护士教我怎么适应尿管导致的酸胀感，还悄悄对我说，你长得真好看呀！从忙碌的医护人员那里一下子得到这样的关怀，反而让我有点不知所措了。

麻醉前，护士用柔软的手握住了我冰凉的手，轻声说："我们先注射两个小时的剂量，如果气管镜切片不成功，可能就要直接开胸了。到时候会通知你家人的，你安心睡就好，睡一觉起来一切都好啦。"

我点点头，紧张感被困意慢慢包裹，在昏睡前最后一刻，我看到主刀医生走进来了，口罩上方露出他粗重的眉毛和坚毅的眼睛。

手术灯猛然亮起，我完全失去了意识。

中途只记得被迷迷糊糊叫醒，身上插了更多管子，护士温柔的声音像从外太空间隔了几亿光年传来一般，很不真实。她说："我们现在要注射新的麻醉，接下来要进行开胸手术了。不要害怕，你不会有任何感觉。"

我回答："好，你们看着来，别让我死在这里就好。"

在一个混沌的地方不知道游荡了多久，有一丝来自远方的模糊意识在奋力拉扯我醒来，刚睁开眼的一瞬间，记忆像从几十年前抽离回来一样，好像熬过了很漫长的时间，却又想不起来经历了什么。当时只觉得一阵眩晕，意识恢复了，身体却动弹不了。瞥向四周时，并排摆放的病床和双目紧闭的病患一瞬间让我不确定自己是不是灵魂出窍来到了停尸房。

护士发现我醒了，过来检查我的瞳孔。我虚弱地问她我睡了多久，她算了算告诉我，从上手术台到现在已经过去整整十二个小时了。后来才知道，手术比预期的难度大很多，进行了整整九个小时，环切一段气管后，取掉了直径一厘米大小的肿瘤。

不知道是不是带着起床气，老杨说我那天被推出手术室的时候格外暴躁，赶走了一个翘班跑来看我的朋友，又一直抱怨老亚在挪我上床时用力太大。他后来回忆说，当时看到我怒气冲冲和别人吵架的样子，心里却一下子踏实了。

原来手术前要签的生死协议，我只听了最不重要的那部分，还以为最坏的结果无非就是手术失败，没有意识地死掉罢了。但那天我离开后，医生才给老杨铺垫了许许多多可怕的术后并发症，其中有一项是喉返神经受损：如果手术中喉返神经受损，那我之后都不能再开口说话了。

所以当他听到我还可以发出声音跟人吵架的瞬间，竟开心得差点哭出来。

我至今都无法想象，那九个小时他们是怎样熬过来的。老亚一次次让老杨跑到手术室门口贴着门仔细听，有没有什么特别匆忙的脚步声，像失血过多在大抢救之类的。他就跑去门口竖着耳朵听，盯着每一个被推出来的病人看是不是我，过一会儿又实在坐不住，自己找一个没人的角落拼命祷告。

那时候他一直在哀求，只要能让我活着醒来，不管是个哑巴还是残废，只要能醒来，他愿意用自己的一切包括生命去换。

他们的情绪不停在希望和绝望之间波动，每一秒都是煎熬。

手术的那天，远在美国的两个好朋友小寒和麦同学都彻夜未睡，她们说实在离我太远了，不知道祈祷的能量能不能顺利传递过来，所以一定要醒着，保证时时刻刻知道我的动态。

那时候因为无力感会特别想要孤注一掷，会调动起自己所有的信念，去拜托那些可能从来都没认真相信过的各路神仙。因为在这种时刻，自己的力量实在太不堪一击了。

术后当晚我因为麻醉过敏而不停地呕吐，吐出来的全都是血水。老亚一边轻轻抚着我的后背，一边让我靠在她的身上。我迷迷糊糊觉得好像重新回到了小时候时常生病的那几年，妈妈的怀抱总是可以消化掉所有的疼痛和不安。

因为对麻药严重过敏，我一直在呕吐，第二天医生只能决定撤掉麻药，由我自己忍过恢复期的疼痛。那一刻身体才从混沌中逐渐苏醒过来，钻心的疼痛像装修的电钻一样，以极其粗暴的方式凶猛刺进我的神经，且一刻不停。

为了让缝合的气管慢慢恢复，手术后医生在我的下巴和锁骨之间缝上了一根短线，稍一抬头就会拉扯到皮肉，以防抬头的动作让还没完全愈合的气管断裂。而此刻，胸腔和腹部中膈还分别插着两根粗壮的引流管，需要配合不停的咳嗽来逐渐排出体内积液。

每一次咳嗽，这两根管子就会像在猛戳我的五脏六腑一样，让我感到剧痛。

那几天是完全无法自主挪动身体的，于是每半小时就要让家人帮我挪动一下身体。睡觉的姿势总是被固定住，每次半夜在梦里突然惊醒，都像被钉在一个密不透风也不透光的棺材里一样窒息。

术后第二天，护士来抽掉了尿管，我必须开始自己下床走动了。从床头到厕所短短几米的距离，走上几步就会疼到浑身虚脱，但为了更好地排出体内的积液，还是要在病床前来回走动。

老杨提着输液瓶，紧紧攥住我的胳膊，老业提着连着引流管的导流箱，里面是摇摇晃晃的血水，颜色一天天由浓浊变浅。

那时候的我很像一个全身被拆解掉后重新组装，再一点点恢复生命的人。开始重新练习走路、咀嚼，也不得不接纳连上厕所都无法自理的屈辱感。

同屋里那个一言不发的老太太，因为手术刚刚切掉了大部分的胃部而无法进食。家人好不容易在市场上买到了一只鸽子，准备给她炖汤进补。有一次我上厕所，就正对着那只被暂放在笼子里即将成为补品的鸽子。

一个虚弱的生命和另一个任人宰割的生命，产生了几秒极为无助的对视。

几天之后，我看到她的家人带着两个密封的保鲜袋来到医院，开始安排护士给她注射鸽子汤。鸽子汤没有途经她的食道，而是从输液管直接输入残存的胃里。

术后第五天，医生拔掉了我胸腔上的引流管，拔管的一瞬间疼到整个人没了知觉，好像一根肋骨突然被抽掉了。拔管后的肺部会迅速增压，肿大变硬，需要慢慢排气达到压强平衡，每一下呼吸都是重击。

但那段时间，我的确掌握了不少和疼痛共处的技巧，即便每天它变着花样和玩法轮番袭来，也不会让我更加沮丧了。

住院期间，我几乎推掉了所有朋友的探视，老亚和老杨二十四小时轮流看护着我，站在病床两侧喂我吃饭，带我上厕所，帮我擦身子，逼我走路，整夜不睡地盯着我，帮我换姿势。公婆则在家中做后勤，每天换着花样做饭送来医院，即便看我只吃下几口也会高兴半天。

我依然记得病房中那种只有病人之间才有的微妙共鸣：我们虽

然被爱着、关照着，却始终还是被病痛摆布得毫无尊严。

病房里冰冷的氛围因为一些人的健谈而有了一些温度，隔壁那个总把药当咖啡喝的老太太被告知癌细胞转移了，她都好像什么都没发生一样照常很有活力地摆弄着她的瓶瓶罐罐。

她说，人生就是每走一段路就要遇到一道苦难的屏障，总要一道一道跨过去，见招拆招，哪有那么容易就活不成了？

她有一个小本子，会记录下自己每天见过什么人，说过什么话，她说这样就不怕自己过糊涂了。老公每天来看她时也会带上一个小本子，清清楚楚地报出当天在菜市场“视察”后记录的菜价。他说，希望她住院这么久，不要和外面脱节才好。

这里的人都觉得我年纪小，护士查房就叫我小孩，我每次都赶紧解释自己已经不小了，护士们就会指指周围的老太太说，和她们比可不就是小孩吗！全病房的人大笑，从此大家都开始这么喊我。

也正是因为年轻，我的身体一天一个样子地快速恢复起来。出院那天，刚好是乐观老太太的最后一次手术，我们收拾好东西后等了一会儿，但她始终没回来。

我心想，可不要就此告别啊，我还没来得及说声再见。

老杨抱我下楼，因为牵引线还没拆，所以每一步都走得极为局促和小心，我能感受到他极力在控制着自己的发抖。回家的路上他跟我说：“你看，虽然生病的是你，但变脆弱的是我。”

胸腔内麻木的神经开始逐渐恢复知觉，对疼痛的感知一天比一天更清晰，身体也逐渐恢复了一些力气。

这场和命运的谈判，我应该算是得到了暂时性的胜利。也正如当初下飞机时对着镜子许诺的那样，我再也没掉过一滴眼泪。

拆线那天家人陪我回医院，一拆完线我就立刻跑去原来的病房门口张望。屋里换了一批新的病人，我也再没机会知道那两位共患难过的病友老太太的命运了。

我时常想，人们一生所积累的全部乐观和坚强，好像最终都是要用来对抗无常的。无论你再富有再强大，无论洒脱还是蛮横，在它猝不及防地闯入时都得乖乖扛住。

但这也正是身为人类的耀眼之处吧，我们总会在一切艰难的境遇下努力求得一点希望。还没和命运奋力搏斗过，谁都不会轻易屈服。

两年后，也就是2015年的夏天，老杨爸爸突然出车祸入院，面临高位截瘫的风险。

我们赶回家陪同手术，在短短的一天之内做了数不清的痛苦决策，每一步都关乎家人和我们两人后半生的命运。

术后我每天从附近的出租屋走到医院送饭，和这个城市最早醒来的人们一起出门。我提着早饭，踩着厚厚的积雪，抬头看到日出前还挂在医院大楼上方的月亮。

我告诉自己，一定一定要记住这个时刻，这个虽然艰难无望但还是想努力撑下去的时刻。等这一切都过去了，我定会拿出来好好回忆！

2020 年初，一场新冠病毒感染肺炎疫情让整个世界都陷入了恐慌，我和家人们也分散在不同的城市各自隔离。新闻上每天都是快速滚动的数字：疑似病患、确诊人数、死亡人数……很多人的生死被数字冷漠地量化着。人们经历了许多不得已的别离，有的人冲上前线，有的人永远离开。

那段时间我不断想起朋友林壁炫讲起的一个片段，说自己过年的时候回乡迎神，跪在妈祖庙前许愿。以前总会许事业顺利早日发财，希望神能助他的人生超常。可是这一次，他却变得格外小心翼翼，觉得功名利禄自己努把力也能得到，得不到也无所谓。

寻思很久，他跟妈祖娘娘说："请你保佑我人生里再没有无常。"

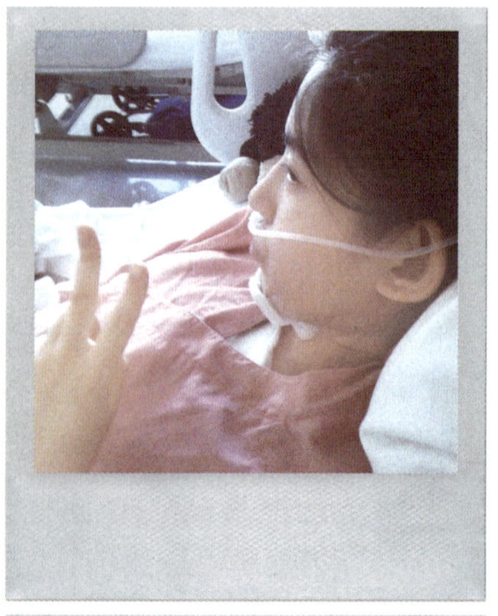

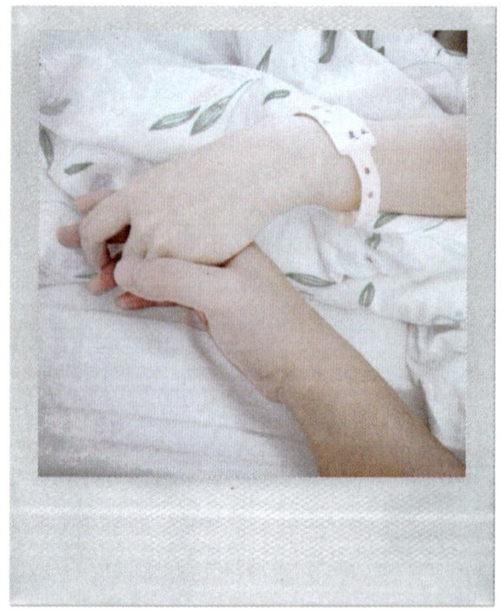

未来的路依然看不清模样，
但明天不会就此不来。

The Planet as My
Disco Light

北漂的
乡愁

刚来北京的时候觉得好有趣啊，什刹海并没有一片海，后海北海又都是湖，积水潭并没有一个真的潭子，五棵松里也找不见森林。我到现在还不怎么认路，出门不叫车就会迷路，常去的还是那几家店，却不知不觉和这个城市建立了无比亲密的关系。

那时候我住在雍和宫旁边的戏楼胡同，中戏所在的东棉花胡同是我读书时每天都会走的路。学校很小，胡同很窄，一路都要和老师同学照面再寒暄几句。上完课拐进当年还不是景区的南锣鼓巷，巷子里尽是遛鸟的大爷、遛鹅的大妈和赖在路中间睡午觉的大黄狗，以及那间永远大门紧锁的沙井副食店——关于它的传说很多，可从没有人知道哪个是真的。

北京的胡同名都真好听呀：百花深处、东棉花、小菊儿、帽儿、雨儿……傍晚我总会跑到我住的四合院门口坐一会儿，抬头看天上一圈一圈打转的鸽子。

大北方真辽阔呀，空气里都是冬天清冽的味道混着一点煤渣味儿，圆润的太阳直愣愣地挂在天上，不急不慢地下沉。每到下午，胡同里的时间像停滞了一般，能让人心安理得地无所事事。

记得和一个朋友聊起南北方的差异，她说："南方人在搞革命的时候才厚积薄发，平日比较务实。但北方人在生活中就带着些理想主义。"——而正是这种在生活中永远并行的诗意与苟且，这种粗糙又勇猛的理想主义，浇灌了我的整个青春。

• 野蛮生长 •

2004 年冬天，我上高二，在每个学生头顶都顶着一片乌云的教育"灾区"山东省读书。那时候学过六年的钢琴和三年的美术，一早就决定了大学读的一定要是最好的艺术院校，但又心虚自己什么都学得不精，思来想去还是凭爱好选择了电影。

2005 年春节后没多久，我报名参加了一个中央戏剧学院的考前班，独自跑来北京上课。当时爸爸老张给我拍了一组肖像，不知道在哪里得来的灵感，我挑出其中一张最喜欢的印在了 T 恤上。

我在学校对面一家小卖部认识了胡老板——一个热心的北京大哥，爱唠嗑，怕老婆也怕麻烦。在他小卖部的侧房租下一个床位后，我开始了为期一个多月的学习。

那些课程完全给我闭塞的世界打开了一扇新的大门，原来我从小喜欢看的那些书并不奇怪，原来一部电影还可以被这么解读，原来写作可以让人的心思如此自由……我脑子里像装了一台塞满玉米粒的爆米花机，不停地炸出各种口味的彩色爆米花。

2006 年冬天，全国艺考招生开始了。老亚和我商量之后，决定先放我自己来考北京电影学院，等一个月后考中戏时再来陪我。于是我揣了一千块现金，拖着一个装着课本和几身衣服的行李箱，再次来到北京。

当年北京“蓝天计划”的标语贴满全城，但天空依然时常混沌。我从火车站拖着箱子出来，又转乘几站地铁，战战兢兢地走进了电影学院。

这个校园对我来说实在太大了，一不小心就会迷路。学校里弥漫着一股躁动的气氛，擦身而过的每个小孩都看起来性格极强，自信又坚定。

我拖着箱子在报名处排队，忍不住地打量四周，浑身冒着快要摁不住的傻气。

当年的艺考通常会分为三轮考试，一轮淘汰一批，最后从近万人当中选出几百人，待全国统一高考后，再根据文化课成绩筛选出最终结果。

持续两周的专业课考试在等榜—考试—等榜的过程中进阶，时间越来越漫长。感觉自己每天都拖着沉重的步伐往人生的悬崖边迈步，不知道走过去后，眼前到底是一片汪洋还是无底洞。

面试前我一直在为要不要戴眼镜进考场而犯愁，室友拿出一副隐形眼镜戴上，并向我科普她之前在艺考培训班学到的面试窍门：戴眼镜会显得像个书呆子，最好别戴！我听她的，没戴眼镜参加了面试，后来所谓的过关斩将就再也没真正看清过对手。

等待发榜的那周我一直独处，从房间到吃饭的小店再回到房间。屋里没有网络也没有设备看电影，于是全部的时间都可以理所当然地躺在床上看书和发呆，我时常盯着天花板看两个小时，再回过神来继续读书。

当时住在电影学院对面的一个招待所，五十块一个床位，按天支付。几个一起考试的小孩拼住一个房间，每次发榜都会有一批人离开，再住进几个刚来赶考的新人。最后招待所里的考生越来越少，只剩下零星几人，大家好像一场大逃杀中的幸存者，可战斗没有结束，我们比起那些离开的人更不知道自己的明天会是怎样。

我糊里糊涂地通过了电影学院文学系的全部环节，体检过后就可以安心等待全国统一高考了。招待所在考试结束后就不再出租床位，于是我连夜从周边找到了一个地下室，准备凑合一晚。

那大概是我再次踏入北京以来最放松的一天，心里有个小人一直踩着跳跳床欢呼，好像提前体验到了高考结束的兴奋感。

那个房间里布满霉斑的白炽灯没精打采地亮着，没有窗户，又阴又冷，但这些都丝毫没能瓦解我的兴奋。当年还没有手机，我冲到公共电话亭里给老亚和老杨各自打去一个电话，告诉他们我独自赢来的成绩。然后在路边吃了一碗加大份的刀削面，回到房间里裹紧脏乎乎的棉被安然入睡。

电影学院的成绩单发下来了，我的专业成绩排进了前二十，只要文化课过线就可以被录取无疑了。

于是我做了个大胆的决定——不让老亚来北京了，独自一人继续备考。

我拖着箱子从电影学院的水泥丛林走到了中戏的胡同深处，在小卖部胡老板的家里租下一个床位。

同屋的两个姑娘都有家长的陪伴，不知是谁日日鼾声如雷，睡不着的时候我脑子里快速掠过很多关于未来奇奇怪怪的缩影。

那几天老杨终于过完寒假回校，他来四合院里看我，我兴奋不已。

他拿出一个纸杯倒了半杯水，开始边抽烟边跟我聊天，聊得兴致勃勃，大部分我都不记得了，只记得他离开时纸杯里已插满了紧簇的烟头。

我们走到院门口，平安大街的马路尽头只剩最后一点余晖了，离开时他没说任何鼓励的话，只留下一句话：别太紧张啦，记住，只要你真的想考上就一定能考上！

当时觉得这是一句太不走心的安慰，后来才明白了他的意思：我们和想要得到的未来之间，从来都没有捷径。但只要你想做到的欲望够强烈，可以付出一切努力，就一定会听到回响。

当时我看着他走向学校的背影，还是觉得那条短短的路，漫长又煎熬。

我小心翼翼地考完初试，又进了复试，在散文写作这一环节发挥得不尽如人意，那时候已然做好了卷铺盖回家的打算。

复试结束后的几天我一直提不起精神。一天老杨来找我，说要带我去一个地方放松一下，于是我第一次踏进了载巷酒吧。

当年中戏周边的南锣鼓巷，还不是今时今日的旅游胜地。周边为数不多的几家酒吧都有点江湖小馆的意思，生意虽然不温不火，但老板总大肆放着自己喜欢的音乐，任性地调酒，爱搭不理地营业。

载巷是和老杨同届的同学经营的一间酒吧，老板是一对爱吵架的情侣，后来他们分手了，男老板盘下了店铺，女老板在不远处开了另一家店。两家店整日相望，两个人彼此相忘。

当时店里没什么设备取暖，大家只能靠喝酒暖身，几轮之后都有些微醺。老杨喊来了一些同学，好看的男男女女凑成一桌，教我怎么玩真心话大冒险。

我好像跳进了看过的许多青春电影里，虽然极尽努力地融入但还是一个观众罢了——而我太想真正成为他们中的一员了。

那一晚，我感觉自己提前透支了理想中的一段人生。

破天荒地熬到半夜三点，我摸黑回到住处，生怕吵醒同屋的母女。黑暗里我只能听见自己突突的心跳声，不知道是刚才热闹的余波，还是为明天发榜而紧张。

第二天三试发榜，我在名单里看到自己名字的时候定睛确认了好几遍，还没来得及欢呼就被喊进了考场。

2006 年高考过后的夏天，我被中央戏剧学院和北京电影学院同时录取了。纠结了许久，我还是想回到那个对酒当歌的夜晚，于是选择了中戏。

后来整整四年的时光，我被一次次击打、敲碎，再一次次咬着牙拾起满地的碎片把自己黏合，塑造起对现在的自己而言全部的重要品格。

记得我的同班好友林壁炫在一篇文章里写道 :“其实那时候的梦想，并不是真的要考上中戏，而是要酷，要不同寻常——这是北京给一个十八岁少年的礼物。在寂寥迷茫的成长时光里，这个礼物让我能够有足够信心以为，自己可能不那么平凡。后来我在戏剧学院念了四年书，四年疯疯癫癫，却更让我看清楚，我依旧是一个普通人。在北京待了十年，看着朋友人来人往，习惯了迎接与告别，但还没学会习以为常。”

• 梦想照进现实 •

说起北漂这个词，我在毕业之前是完全没有概念的，直到有一天和两个同学在学校对面的店里撸串，刚拍完一天婚庆的老杨扛着三脚架和机器，气喘吁吁地从冷冽的冬夜里走进温暖的串店。

他的眼镜迅速蒙上一层雾气，嘴边带着没来得及刮干净的胡茬。他放下机器，狼吞虎咽地吃起一碗面来。

我们三个还没走出校园的小孩，直愣愣看着他，半天没说话。

回忆起来，那好像是我们第一次感觉到整个成人世界在眼前毫无防备地摊开。那个昨天还在教室里跟我们大聊阿莫多瓦，在拍摄现场挥斥方遒的师哥，今天却扛起摄影机去拍婚礼了。

这种奇妙的心情，在后来看徐静蕾一部叫作《梦想照进现实》的电影时得到了共振。导演指着摄影棚中的一扇假窗户，剧组搭出的霓虹的光从窗外透进来，他对女演员说："你看，这就是那个叫作红尘的东西，万丈！"

我们也是时候带着那些美好的幻想，带着这颗不谙世事的心，穿过由景片搭建的窗口和灯光组成的霓虹，走到真正的红尘里去了。

2008 年冬天，临近毕业的我第一次进组跟拍电影，成为一名见习场记。大学四年，我们在彼此协作中体验过剧组里各种各样的角色：导演、副导演、制片、摄影、统筹、场记……作为全班拍短片最为高产的人，我认为自己早已身经百战了。

进组后我立刻接到了社会泼来的第一盆冷水——虽然每天忙到脚不沾地，却依然觉得自己一无是处。我逐渐意识到，原来拍电影的过程是一场跟浪漫、理想都没那么大关系的体验，我们只是这庞大交错的体系中环环相扣的齿轮罢了。

北京郊区的冬天冷到没人性，零下十几度的气温让我第一次体验到从睫毛到鼻毛都结冰的滋味。

剧组在预算有限的情况下时常要一人多用，我只能白天跟在导演身边做场记，晚上统筹出第二天要拍的戏份场次和人员安排，再小心翼翼地拷贝素材。

白天拍摄的素材散布在十几张存储卡里，需要在当晚拷贝到两个硬盘中分别备份。如果不小心丢掉哪一张卡或是落下了哪个镜头，全剧组一整天的工作就都白费了。于是无论多困，也必须打起百分之二百的精神把这个工作没差错地完成。睡两三个小时后起床继续开工，是这整整一个月的拍摄中最普通的日常。

后来电影迟迟没上，再后来听说导演决定重拍了，我的名字也没留在其中。

毕业后，我和老杨搬到了地坛公园附近，就是史铁生《我与地坛》里面写到的那个公园。

地坛东路两旁有非常非常高的杨树，望不到顶的高。北方总是四季分明，我们也总能从叶子从绿到黄，从黄到枯，再冒出新芽的过程中感受途经的流年。

2010 年，我开始在各种不靠谱的电影、电视剧、网剧项目里做编剧，为了谋生常常会接下一些不能署名的工作。每遇到一个机会，就会隐隐觉得这次是真的要改变命运了，后来一次又一次未果，也就逐渐少了期盼的兴奋。

获得话语权的过程痛苦而漫长，我开始明白，在学校得到的一切都必须清零。对任何一个没有经济基础并急需谋生的毕业生而言，从食物链底层开始爬是不得不做的选择。

2012 年，我毕业两年多，越来越拮据的生活让我终于选择了到影视公司上班，负责剧本策划，也搬到了一个离公司更近的新家。

北京冬天的风总是很凶猛，我实在不喜欢上班，于是每天上班路上都一副气鼓鼓的样子。有一次在路上走着，竟然因为风太大吹得我走不动路而被生生气哭。老杨看见我荒唐的样了就乐了，他在狂风里大笑，我大哭。

但也是因为这份工作，我得到了跟组拍摄大制作电影的机会，经历了三个月身心俱疲的拍摄，也学习到了一部大片从筹备、拍摄到发行的全过程。

2013 年，26 岁的我毅然辞职，开始回归自由职业，继续以写剧本为生。毕竟，比起稳定的生活，更让我有安全感的是那些充满了“可能性”的不稳定。

我开始接手人生里第一个独立编剧的电影项目，用整整两年时间磨出了十几稿剧本之后，电影还是因为始终无法到位的投资，被资方搁置了。

那段时间我时常想起大学时第一次在剧场汇报演出，同学导演的剧目被临时删改，本以为会站出来保护我们作品的那个老师在现场一言未发。一个男生冲到舞台中央躺下，大声喊出剧目《青春禁忌游戏》里的一句台词：再也没有叶莲娜·谢尔盖耶夫娜了，叶莲娜·谢尔盖耶夫娜已经死了。

那是我们饱胀的自我感动和理想主义，第一次遇到现实的冷漠反击。

正式告知我剧本终止的那天，在楼下挂了制片人的电话后，我整个人瘫软下来。和所有我经历的习以为常的失败一样，这又是一个没有结果、没有答案的轮回。

那天刚好要去朋友家吃饭，我蹲在楼下痛哭了一场后便擦擦眼泪上楼。走到朋友家楼道时，就闻到了扑鼻的饭香，推门进去，一屋子不得志的人正高高兴兴地吃饭，彼此交换着最近经历的种种不靠谱。

未来的路依然看不清模样，但明天不会就此不来。

• 徒劳的意义 •

2014 年，我和老杨又搬家了。记得收尾那天我们回老房子交接，空荡荡的小家看起来还是很温柔，地面上、墙面上都残存着些许我们曾经生活过的痕迹。

我和老杨站在客厅中间，他握着我的手发了一会儿呆，然后说：告个别吧。我看了看四周说：谢谢你让我们住了这些年，我们在这里生活得很开心，再见。

刚搬新家那几天，卧室新买的床垫还没到，我和老杨挤在书房的沙发床上睡了几天。我问他有没有觉得这个场景特别熟悉，上大学时我和他一起窝在排练室写作业，他赶毕业论文，我写学期作业，累了就支起一个搭景用的大木头平台，两人铺一张布单子挤着睡。

我跟他说，这么多年过去了，我们还是愿意挤在一起睡，还是觉得床不用太大，家不必太宽敞，人生更是不用太着急。慢慢等，好事情会一件件找过来的。

那一年，在电影行业里依然颗粒无收的我决定暂时不写东西了，算了算这些年一直舍不得花的存款，想起那些为了不让自己放下尊严而咬紧牙关的日子，我想试着为自己活一阵子了。

我和老杨暂停了所有的工作，拿出一大半的积蓄跑到欧洲旅行。我们在欧洲待了整整四十天，去了所有以前想去又总说没时间去的地方，在民宿里做饭招待朋友，在下雨的时候宅着看剧。

这段在所有人眼里奢侈而不靠谱的时光，让我第一次感觉到了前所未有的平静。

2015 年，身为热心网友的我成为一名正式上岗营业的网红，重新拾起放下许久的老本行开始码字，从随手的日常分享成为一个专业的内容创业者。我开始发现，随遇而安是一种没办法效仿的天分，既然自己只会活得用力，那不如再用力些活。反正心态永远比姿态更重要。

伊坂幸太郎说 :“人生中一大部分有意义的事情，最后看起来都是徒劳无功的。”但有时候我们总需要为一些徒劳无功的事而活吧? 哪怕是一些短暂的目标，一些暂时的意义，哪怕是一腔终将流干的热血，一些时过境迁后就再也不会引起波澜的情怀。

2018 年，我终于放下当前的自由，在妥协中逐渐强大。看到了一些边界，也找到了更多笃定。

那一年我一大半的时间都在出差，在飞机上昏昏沉沉做过数不清的梦，睁开眼经常会忘记身在哪个国家，但还是活得非常有安全感，毕竟心头最最重要的人和信念，以及我自己，都始终没被世界改变。

• 向远山呼喊 •

我时常想起大学入学时，班主任顾老师讲的第一堂课就是柏拉图的“洞穴比喻”：

洞穴里的囚徒看着洞外的篝火照射到洞壁上的木偶影子，以为那是现实的事物。直到有囚徒走出了洞穴，见到了影子的“本体”木偶，又见到了阳光下的万物，才了解木偶本身也只是一个投影。——他既已见到了事物之本身，便宁愿忍受任何痛苦也不愿意再过囚徒生活。

我们见到了事物之本真，就再也回不去了。虽然还未见天地和众生，但起码看清了自己。

现在的很多时刻，我都会产生一种向远山呼喊之感，但或许比听到山那边的回应更重要的是听到自己的回音。至少今天的我，依然和当初第一次走下火车时那样，在北京这个不属于我的地方，一点一点搭建起了自己的人生。

漂泊有时候可能不仅仅是一个过程，也可以是一个结果。心中有他乡也有故乡，漂泊在很多的未知里，也漂泊在无尽的可能性中。

你看这个老太太，到最后关头还是会拿出全力挣脱束缚。

The Planet as My Disco Light

向死而生

去年难得回老家住了一周，离开之前老亚带着我去扫墓。下车后我才发现什么都没有准备，赶紧问："不买束花吗？或者纸钱？"老亚摇摇头说："现在都不让烧纸啦，也越来越少人烧了，之前买过鲜花，不能勤来打扫也腐烂了，假花又太假，过来看望一下就好。"

她拎着一个喷水壶、一块毛巾，我们牵着蹦蹦跳跳的小狗往墓园深处走去。

禁止焚烧纸钱之后，墓园变得非常干净而清宁。我们一路走到姥姥姥爷坟前，清扫后鞠了几个躬便离开了。原路返回时想着爷爷也葬在这里，老亚就凭着当年下葬时的印象找到了爷爷的墓。

她认真地喷水、清扫了一番，我发现墓碑上面还刻着我和妈妈的名字：儿媳妇王亚琴、孙女张馨心敬上。

老亚一边清扫一边说："虽然已经不是你们家儿媳妇了，但生了个很值得你们骄傲的孙女，也不错吧。"我在旁边忍不住偷笑——她每次表达为我骄傲的方式，都很特别啊。

其实不久之前，我们才在这里安葬了姥姥。葬礼从简，家里只有不到十人参加，没有亲戚朋友，没有哭天抢地。我当时瞥了一眼老亚，她依然有条不紊地办理着各种繁琐的手续。突然想起几年前有次在家人病危的床前，就有人指着她说：“你看看，心真硬啊，一滴眼泪都不掉的。”

她在这些好像所有人都会心碎的时刻淡定而平静的样子，却成了我希望自己能拥有的面对死亡的理想状态。

我人生里第一次面对死亡，大概是十三岁时精心饲养的一只小兔子突然僵挺在眼前。我吓坏了，哭嚷着跑到正在家里和朋友喝酒的爸妈面前求他们救救兔子。对大人来说那无非是小孩丢了玩具，随口说了句“可能是睡着了吧”，就应付过去了。

我回到小兔子面前，一边摸着它僵挺的身体一边默默嘟哝：“你是睡着了吧？求求你快醒过来吧。”那时候我几乎求助了所有当时所认知的神明，几近虔诚地认为这是我此生会求助他们的、最严重的一件事。

后来我把小兔子放进了一个鞋盒，悄悄埋到了家门口的树下。那时候我恨透了爸妈，认为是他们的冷漠导致我失去了生命里最重要的陪伴，我也希望他们能品尝失去的滋味。

没过几天，胃癌晚期的爷爷宣告病危了。

爷爷在生病前后判若两人，他是被癌症带来的病痛一点点瓦解掉的。也正是在他重病的过程中我才逐渐意识到，原来人对死亡的恐惧是可以击溃一切体面的。

因为他是医生，家人在他面前自然瞒不住病情，手术后没多久他的精神就迅速萎靡了。我眼睁睁地看着一个一米八几的老头儿，逐渐缩成了一个干巴瘦的枯壳。

爷爷奶奶仅有一对儿女。爷爷原来是军医，退役后当了院长，奶奶又是大医院的药剂师，于是凭着优渥的家境和不太严苛的教育，爸爸和姑姑既没像那个年代大部分的孩子一样担忧过温饱问题，在成年后也被处处呵护着。

在爷爷查出胃癌后不久，家里就请来了几个远房亲戚轮番照顾他。那个布满着濒死气味的房间，越来越少有人会主动迈入。每次放学回家，老亚会坚持让我进去陪爷爷讲几句话，我也只能带着不可违抗的旨意进去待一小会儿。

每次看完他，我都会悄悄跟老亚说：爷爷身上有一股味道，我害怕。后来才知道，那是一个人慢慢枯萎的味道。

重病的人其实无暇计较亲情冷暖，仅能用余生的全部精力去接受自己要死掉的现实。经历过无数次挣扎、大闹、崩溃后，筋疲力尽的爷爷开始用最绝望的眼神等待死亡了。

我们接到电话赶去医院，一家人到齐后，爷爷才半眯着眼睛咽下最后一口气。奶奶边擦着眼泪边说：你们看，他到最后也是等着一家人都来了才走的。

医生报告了死亡时间，提醒我记住，我便拼命在脑海里重复那个数字，担心一旦忘掉了这个重要的数字会被家人责怪。

周围的抽泣声逐渐变成哀号，我一边重复着那个数字，一边拼命想要哭出来。心想："小兔子死的时候我都哭得那么伤心，这时候怎么挤不出一滴眼泪呢？"

爷爷的葬礼办得体面又周到，也来了很多人。奶奶在那段时间一直坚持练钢琴，她说，再伤心也不能耽误了练习，少练一天都会生疏了。我始终不知道这是她消解想念的方法，还是她真的很快接纳了爷爷的死亡向前看。

那段时间奶奶总说会在家里碰到爷爷的鬼魂，怎么都睡不好觉，于是没多久之后就搬离了老宅。

新家里完全没有了爷爷的印记，但我每次站在窗口，还是会想起老宅厨房窗前那条笔直的路。以前每次放学回家，我都会和奶奶一起站在窗前，她总指着那条路说："你一会儿看你爷爷，这就十分钟的路，他半小时也走不回家！"

于是我们很快就会看到爷爷背着手，笑眯眯地从远处溜达过来。每碰到一个路过的人，爷爷都会主动打招呼，闲聊一些家长里短。直到奶奶从窗口大声喊他，他才一溜烟儿地小跑回家。

第三次面对死亡，是我迄今为止最哀痛的一次经历。

我成长中最快乐的一段时光，是和姥爷姥姥一起度过的。姥爷家的院子里种着很多可以吃的植物，我见证了许多果实是如何长大的：只有一个拳头那么大的西瓜、藤蔓上刚熟透的葡萄和由绿变红的小番茄……

我脑子一热说想练毛笔字，姥爷就会买来宣纸，站在一旁边研墨边看我一通乱涂乱画。他会陪我一起看《哆啦 A 梦》，会和我一起躲在蚊帐里吹着风扇吃西瓜。

他骑自行车载我上学，念叨着："张小亚越来越沉喽，姥爷要驮不动喽。"我就赶紧把拖着地的腿往上抬了抬，讨厌自己个子长得太快。

他是我最好的朋友，宠爱我却不溺爱我。到现在我每次做梦哭醒，都时常是因为在梦里回到了姥爷家，看着洗手间小窗户里透出温热的灯光，听着姥爷刷牙的声音踏实睡去。

上初中后，我搬回家和父母一起住，每周去看姥爷一回。那段时间刚好赶上叛逆期，能和他聊的话题也越来越少。我们时常沉默地坐在客厅沙发两端，他硬问一句，我硬挤一句，继而又是长时间的沉默。

每次临走的时候，他都会塞给我每周按时准备好的六十块钱，崭新的六张十元钞票，一张不少，一回不落。

在此期间姥爷经历了一次结肠癌手术，痊愈后不久又查出一个气管肿瘤。医生不建议再次手术，让他平日里少生气少活动，保护肿瘤不破损便好。许多年平安无事地过去，我已经几乎要忘记他生病这件事了。

一个平凡无奇的周末，我照例回姥爷家吃饭。老亚和姥姥在厨房忙活着，姥爷和我坐在沙发上沉默着。他突然站起来说：“你不是喜欢吃麻花吗？我今天路过市场看到有刚炸出来的，还热乎呢，我去拿出来咱们吃。”

我不想吃，却也懒得说出口。他径直走向储物间。稍后我听到储物间传来一阵咳嗽声，心想不会是他呛到了吧。屁股刚抬起来，想了想又坐下，心想着应该没大碍吧。等我顺着姥姥发出的哀号声再次站起来跑过去时，看到姥爷已经直挺挺地倒在了储物间门口。

姥姥被吓到束手无策，老亚给姥爷一边做心肺复苏，一边指挥我去打120。我打完电话后就径直跑出门，在楼下等救护车赶来。

姥姥布满皱纹的苍白的脸，和老亚慌乱中逼迫自己镇定下来的表情，还有姥爷纹丝不动的脸在我眼前不停交错，我一边发抖一边强迫自己不要哭。

后来听说姥爷是咳嗽导致的气管瘤破裂，当时就离开了，并没有太痛苦。我想起他倒地时手上还攥着那袋给我准备的麻花，可能还是热乎乎的吧。

在姥爷的葬礼上，我刻意避开了遗体告别的环节。并非我拒绝面对死亡，而是我实在不想看到他被簇在一堆假花里的样子。他那么喜欢种花，一定希望自己是被生机勃勃的植物围绕着的吧。

我想起第一次看他摘下假牙时他变成一个口腔锁紧的老头儿的样子，我吓坏了，让他赶紧变回去；想起他给我修补凉鞋的时候认真粘上小花儿的样子；想起他知道我讨厌白炽灯，于是特地把家里的灯都换成了暖光灯……

姥姥在姥爷生前是个极为强势的老太太，从来都不苟言笑，任由姥爷怎么嬉皮笑脸也不动声色，姥爷总会背地里偷偷和我嘲笑姥姥是母老虎。自从姥爷去世，她也快速将自己冰封起来了，更加寡言也更加难以相处了。

姥爷的照片就摆在她的床头，每年过年我们都会端一盘饺子到照片前给姥爷磕几个头，她就会开始默默地擦眼泪，有时候甚至会哭一整夜。自此之后，无论我如何试探和讨好都无法让她再开心起来了。

她把自己关进了深深的幽暗的世界里等待时间慢慢流逝，等待死亡到来，一等就是六年。

后来她经历了一次中风、一次炎症引起的持续低烧和几次自杀未遂，她开始抗拒一切有可能令自己开心起来的事。一见到我就哭，然后默不作声，过一会儿再默默流泪。每次我也只能自顾自说尽了能说的一切家常事之后，再从她房间灰溜溜地离开。

一向冷静的老亚，唯独在独自照顾姥姥的这六年里崩溃和失控过许多次。她跟我说："我讨厌她的歇斯底里，也格外厌恶被逼到崩溃后再对她恶语相向的我自己。”

姥姥没有兴趣爱好，又没了所爱之人，活着对她来说很久之前就只剩下维持生命本身了，而死亡却是一件她既奋力期盼又极其恐惧的事。

不久前的一天，我在拍摄时接到老亚的一个电话。她说姥姥已经陷入昏迷了，身体自然衰竭所致，她还在医院陪护，让我做好准备但也别着急赶回来。第二天早上六点多，我再次接到家里打来的电话，老亚说：“她人走了，没进重症监护室。如果时间允许，你们就买早上的机票回来，我会在当天安排好一切，办一个简单的葬礼，你晚上就可以飞回北京，也不耽误工作。”

虽然她声音有些微微颤抖，但还是每句话都条理清晰。我很难表达自己当时的心情有多么不近人情，但真的替老亚和姥姥都松了一口气。买好机票，收拾好两天后出差的行李，我和老杨飞回了烟台。

再次看见姥姥的时候，已经是在被假花围簇的遗体告别现场了。她缩成了非常小一只，但看起来无比安宁，紧锁了这么多年的眉头也终于放松下来了。

司仪是殡仪馆指派的年轻姑娘，她戴着有些破旧了的白手套，端起一个蓝色文件夹朗读起来。为了更显专业，她刻意压低声音，努力安排着字里行间的顿挫，但想来也是每天会循环无数遍的环节，所以念到末尾语气愈发急促起来。

放哀乐的音响应该也是有了年岁，参差不齐的共鸣声伴随着司仪的悼词，勉强地维系着殡仪馆例行公事般的哀伤。我侧头看着哭花了脸的姨妈和姐姐，目光又寻觅到老亚的侧脸，她大概也有哭，但脸上写着的还是平静大过波澜。

火化的时间很漫长，姐姐独自跑到阳光最猛烈的地方晒自己。她那段时间状态不佳，变得不爱化妆又更沉默寡言了。我从火化室的窗口看着她时不时把手放在眼前挡住过于刺眼的阳光，但还是不肯挪到树荫里待一会儿。

火化室通知家属领取骨灰的播放器好像坏了，每轮到一个人就以极高的分贝响个没完没了。我听得百爪挠心非常焦虑，几次都想去窗口让他们关掉，但望向四周，好像整个房间的人都失去了听觉一样，特别平静地刷着手机或吃着零食等待骨灰盒从窗口被递出来。

不知道为什么，在外面一番哭天抢地之后，大家好像都没力气再折腾自己了，在这个比遗体告别更残酷的环节中，表现得异常淡定。

老亚看我有些坐立不安，便开始跟我聊起姥姥去世前的一些小事。

姥姥在去医院的路上就昏迷了，到了就被一堆机器和管子包围起来，她好像意识到这是自己能做出的最后一轮反抗一般，一直在昏迷中奋力抬手想要扯掉氧气管。护士为了让她正常吸氧便把她的手捆绑住，她就一直发着“呜噜噜”的声音在抗拒，后来老亚决定撤掉氧气，她这才安静地睡过去，竟然还打起了呼噜。

按照和姥姥生前的约定，在她进入重度昏迷时老亚便签字同意放弃抢救。老亚后来跟我说：“你看这个老太太，到最后关头还是会拿出全力挣脱束缚。”

窗口传来呼叫，我们几个人站起来去取骨灰盒，接过骨灰盒的时候发现比我想象中要沉好多好多。人真是很倔强的生物啊，烧尽了皮囊、肉体和骨头，还能剩下一堆沉甸甸的灰烬。

在人间走一遭的路上夹带着那么多爱恨悲喜，离开的时候还要带走许多许多的眼泪，以及留在家人回忆里的残存的余温。

我端着盒子走入刺眼的阳光，走到一排排雪白的墓碑中间。天气大好，这里看起来分外安宁，我心想，自己生命中会在乎他们生死的人又少了一个。

老杨总跟我说：“死亡是上帝给人类最好的礼物了，如果没有这件事，人类该多自负呀。只有在这件事上所有人都会恐惧，都会卑躬屈膝。”

姥姥离开后不久，老亚又送走了她的一个好朋友晓梦。

晓梦是一个典型的浪子，他人生的天平两端就是姑娘和自由，从不失衡。及时行乐到五十几岁，突然有一天查出肺癌晚期。晓梦起初经历过积极的治疗，不停地找人倾吐自己对活下来的信心，但逐渐也变得有些疯疯癫癫。

他开始长期失眠，出现幻听，有一天突然离家出走。他带着简单的行囊跑到海边，在路边垫着被子独自待了一个多月，他们找到他的时候他坐在堤坝上看着大海，看起来平静乐观。

他依然坚信自己是可以康复的，但被送回医院后没多久就陷入了昏迷。和他关系并不好的儿子放弃了抢救，并草率地终结了他在人间的行程。没有葬礼也没有朋友的最后一面，他被除名了，留下了一套继承自母亲的房子和一个并不以他为傲的后代。

记得《良医》里有一段对话——

患有自闭症的医生问他的同事："我们都会死，如果能接受这个事实会开心点吗？"

同事回答："也许吧，但我们总无法感到满足，与死亡抗争就是我们活下去的理由。"

其实无论经历多少次死亡，这件事终究是我们人生里最痛苦而不可逃避的一道印痕。无论如何去美化死后的世界，都无法减轻你和这个世界真正告别时的恐惧。

而我们也只能逐渐学会向死而生，做好准备迎接一切坏的结果，也尽情享受眼前正在经历的安宁。

前几天做梦还梦到了姥爷，我依然是哭着醒来的，清醒之后想起来心里还是会涌着一阵一阵的酸楚。想来蛮奇怪的，我自小被教育独立，和家人的关系也没大多数家庭那么亲密，但和姥爷短短几年朝夕共处留下的快乐记忆，却成了我每次梦到都会哭醒的软肋。

姥爷去世太多年了，久到我都忘了自己还是那么在意他。但即便时光倒回几次，我都没办法控制那时那个不想和他交流的自己，那就是每个时期真实而不可逆的我们啊。

《寻梦环游记》里面最最伤感的一幕，就是主人公从亡灵口中得知：如果世界上没有一个人记得你了，你的灵魂就会彻底消失，那才叫作终极死亡。我想，所谓希望在人间留下印记，期待的不是“被记得”，而是根本无法“被忘记”吧。

结束扫墓后我们飞回北京，我突然问起老杨一件事：为什么在夫妻下葬以前，没人问问他们要不要埋葬在一起呢？他说，那你想和我埋在一起吗？我们可以先说好。

我想了想回答：“如果死亡就是灵魂和躯体分开了，那身体埋在一起的意义又在哪里呢？”

他告诉我，想不通就先不想了，总有一天我们有机会去好好琢磨这件事。

请继续清醒、自知
且不忘怀人间诗意地活下去。

The Planet as My
Disco Light

三十
不立

《让子弹飞》里有一场戏：小六在铺子里吃了一碗粉，有人设局诬陷他吃了两碗但只付了一碗的钱，他坚持自己只吃了一碗，最后剖开了肚子给大家看到底是不是一碗粉……看的时候全场都在笑，我和老杨却很沉默。

他说，这个人完全就是你，我点头。脑子里想着一碗粉的时候，只想不惜一切证明自己是对的，但剖开肚子才发现，豁出一切去争个对错是非这件事，实在没什么意义。

求真这件事，对我而言始终非常重要，但要依靠时间来求真，是这些年我一次一次栽跟头、撞南墙，把自己交付给时间后才懂的道理。毕竟，不是所有的误解都需要被解释，你也不需要被所有人理解。

很多年前老杨过三十岁生日的时候，我自己躲在屋里嘤嘤地哭了半天。他一脸蒙地问我什么意思嘛，我说，从来没想过会一起走到三十岁，感觉陪他过了大半辈子似的，感叹到忍不住大哭……

其实等自己到了三十岁，才发现这个年纪也没有以前想象中那么老，甚至比小时候无数次设想过的要好得多。我还是和自己一直很爱的那个人在一起，家里有个傻吃傻喝的小动物。想要做到的事不多，一件一件来，也都完成了七七八八。

在这里写下一些我在三十多岁时慢慢领悟到的琐碎道理，也可能对你们而言并没什么道理，但有什么关系呢？我们都可以当自己人生里的那个“过来人”。

1. 不以物喜，不以己悲

记得有一次看 Papi 酱一个采访，题目是《即便这样，Papi 也没变成她想成为的人》。主持人问她：你想成为一个什么样的人？Papi 说：不以物喜，不以己悲。

我也是过了许久后，才明白这种状态有多难得。小时候的野心特别直接，希望努力被看到，希望才华被认可，想做个屠龙的勇士，让全世界看到我的勇气。但后来发现，其实没几个人可以一直那么潇洒、那么坚毅。努力去喜欢自己，比努力变强大这件事，真的重要好多。

2. 初心忘了，就忘了吧

以前每当我听到“勿忘初心”这样的劝解，总是感到特别不舒服。十八岁的我特别坚定地知道自己要什么，而现在的我，只能勉强说清楚自己不要什么。

我们没办法像读书时那样，在剧场里没日没夜地排练，为了一点创作上的坚持可以不顾一切；更没办法像刚毕业时那般，带着凶猛又年轻的冲动，和成人世界里一切有违理想的规则搏斗。可这并不是说我们就变成了不可爱的大人啊。

我依然信仰真理，依然会在原则被冒犯时奋力守护，但也越来越明白：你不像曾经自以为的那么重要，但也不像世界告诉你的那么不重要。

3. 不再想当人生赢家

成人世界的悲观情绪，多数时候都来自越来越不可控的成长。我们从莽撞的少年时代，跌跌撞撞地走入传说中的而立之年，一路都在渴望别人的肯定，却难以避免一次次的自我否定。

三十岁之后越来越觉得，人生赢家的意思，大概是你终于赢了那个太爱挑剔的自己。之前一直较劲却一直做不到的事，之后可能也做不到了。人身上有很多能量，但不一定“物尽其用”才是最好的方式。哪怕日复一日，今天懂的道理也总比昨天多一些吧。

4· 不想重返二十岁

家里客厅挂着一幅我很喜欢的画，画上一个穿着条纹泳衣，已经开始中年发福的宇航员，戴着自己的头盔泡在泳池里发呆。有一只鲨鱼的鳍正在他前方浮出水面，他依然无动于衷，远处是星空和椰林，他和危险平静的对峙就这样被定格在画中。

我觉得这大概也预示着我最满意的一种人生状态：英雄会迟暮，也会发胖，但这也不是什么值得伤感的事。

这几年我经常琢磨，到底什么才叫最好的状态呢？是大学时稚气未脱的野心勃勃，是二十多岁嫩到发亮的皮肤和怎么都吃不胖的身材，还是那时候愿意掏空一切浪迹地球的大胆自由？活到如今，你在乎的人渐渐不再对你的人生抱有太多不切实际的期待，连自己都可以在好多事情上得过且过一些了。

终究每个人，都得接纳和喜欢自己的人生啊。

5· 可以脆弱，但没必要崩溃

以前常常哀叹自己是这世界里太微小的一分子，无法留下痕迹，消失时也不会引起涟漪，好卑微啊！后来愈发觉得个人和广阔的时代比起来，实在太渺小了。个人的情绪，比起人类的情感来说也太不值一提了。

但我们依然需要用漫长的时间，练习如何不再那么看重自己的喜怒哀乐，自己消化更多的情绪，会放纵它也会稳定它。

如今的我，虽然还是经常会因为一些小事而脆弱，但不会再因为大事而崩溃了。

6. 独立是最高意义的自由

三十岁之前觉得没什么比自由更重要，后来觉得，想要彻底的自由，就要先从彻底的独立开始。三十岁前觉得工作不开心就说明不合适，三十岁后开始明白，世界上根本没有不辛苦的工作，人人都会受委屈。

好朋友鸡蛋写过：长到这么大，看了这么多的人和事才明白，“我没什么宏图大志，我一点也不贪心，我就想待着”是一句多可笑的话。我想要的那种最简单的自由，也是需要很多代价去换取的。

7. 你不必喜欢我了

前些年但凡一件熟悉的事情发生了变化，都会拉扯到我的神经，令人又疼又唏嘘。而现在，“离开”成了一个我完全可以和平共处的动词。

越来越觉得，在意的人真的不需要太多，而所谓向往的人生，大多是对岸耀眼的火光，只有走远了看才是烟火。

过多的热情，过多的爱，过多旁人的目光，过多社交，过多被强调和美化的自我，过多苛责，过多自省，都不是让你满足的良方。把时间放在有必要为之投入精神和感情的人与事上，所得到的喜悦也更值得珍惜。

8. 从父母手里接管童年

我们和父母之间应该是陪伴，不是羁绊，更不应该因为自己的任何选择而对他们感到抱歉。只有当你成为一个真正独立的个体，才能找到最平等的语境去沟通。

我开始不再把任何自己的缺陷和痛苦，追溯到原生家庭，而是从当下寻觅出口。毕竟我们早该从父母手里，把自己接管过来了。

9. 不用太酷

其实很多东西都需要维护：感情需要，疏离也需要；你和自己的连接需要，亲密关系更需要；青春美貌需要，不为变老而波动的心态也需要……“维护”被很多语境包裹成一个看起来有些功利感的动词，但其实善于维护的人总是会有一些温柔的。

至少在你和世界互相看不顺眼时，他会主动挤出笑容；在你抗拒讨好时，他会用示好来成全你的骄傲。

我们也不用非要做个很酷的人。不变成一个让自己讨厌的大人，就已经是很了不起的事了。

……

这几年我一直在不间断地输出很多大道理，但说实话，很多道理并不是成长到了一定时候就可以顿悟的，也不是哪个过来人讲给你听就能明白的。

“不以物喜，不以己悲”，大约是指可以不为眼下的困顿而焦虑，不为够不到的未来而贪得。

愿我们都能成为心有容量的人，承载着蜜糖和苦水、巨浪与柔情。请继续清醒、自知且不忘怀人间诗意地活下去。

全书完

后记　人间没有迪斯科

1999年，世界末日的传说甚嚣尘上。1998年12月31日晚上过十二点的那一刻我想，在人间走这一遭太遗憾了，还什么都没经历就要看着地球毁灭了。

说起来那时候年纪也不小了，还是时常会信一些成人世界里谁都会一笑而过的事。其实也不是什么天真之人了，只是经常看不清荒谬和事实之间的边界而已。

后来，人们对世界末日的绝望无缝转换成对千禧年狂欢般的憧憬。朴树出了第一张专辑《我去2000年》，那时候所有人都相信这个新纪元到来后一切都会翻天覆地。但后来的世界也就那样，没变得特别好或者特别不好。

年轻人抽着未来牌香烟慢慢老去，Windows 98成了被遗忘的时间密码，只有少年的声音还在回荡："以后的路不再会有痛苦，我们的未来该有多酷。"

我也和许多年轻人一样，坚信过一切都会好起来，也间歇觉得世界荒唐得毫无意义，不知天高地厚过，也知自己一无是处过。

那一年我发现，的确是长一岁就多一岁的风景，亲眼看过之前谁说的都不算数。大人说的那些“你长大就懂了”的道理，多半也还是没懂，但以现如今世界变化的速度，谁也不能笃定未来到底会懂什么。

身边有亲人离开，有朋友疏远，亲眼见到很多本以为不会分开的人分开，亲手结束过一段曾经很重要的关系，也靠着执拗的信念挽救过崩溃边缘的自己和别人……

人啊，都比自己想象中强韧太多了。

再后来，我们一起来到 2020 这个听起来很像未来世界的年份，经历了许多不可思议的故事。那些层出不穷的大事件，最后也都流入了寻常百姓家的日常。

朴树出新专辑时把《New Boy》重新填词写成了一首叫作《Forever Young》的歌。他唱道：“Just 那么年少，还那么骄傲，两眼带刀，不肯求饶……让你看到，我混账到老。天涯海角，天荒地老，等你摔杯为号。”

张亚东当时说起这件事突然哭崩，可能并不只因为少年不再，而是总有一些快乐是不复当年的。

但好在过了而立之年，我们都学会了更深沉地遥望，也总能在一次次的挫败感之中逐渐顽强，逐渐守护住那些不会被琐碎掠夺的日常诗意。

人间可能没有一曲可以让人永远舞动的迪斯科，但我们依然值得为点滴的快乐狂欢。

一代人终将老去，也总有人正年轻，不复当年时，也不负当年吧。

张馨心

2019 年 3 月 20 日初稿 于烟台

2019 年 12 月 5 日二稿 于北京

2020 年 2 月 25 日终稿 于北京

附录　和妈妈的一次对谈

Q1：我做过最让你自豪的事情是什么？

老亚：太多太多了！其实从你小时候在运动会上举牌子，在学校演讲，到参加英语比赛，我都跑到你们学校门口，或者运动场门口隔着门看你……虽然你总觉得我在你成长的很多时刻都是缺席的，但我一直都在。

大嫂：可这些我全都不知道……我一直以为在我成长的很多时候你都是缺席的，你也从来没有告诉我你在。

老亚：嗯……表面上是看不出来，我心里一直是关注你的。现在我都是远远眺望着你，这是我的性格问题，我总会克制着自己不说。

Q2：你对我最失望的时刻是什么？

大嫂：比如我现在忙成这个鬼样子，回家来也没多少时间陪你。

老亚：倒不会因为你工作陪不了我而失望。因为我看到你的工作状态，就会不自觉地少打扰你。我老想着能不能帮你，但是我觉得我也帮不上什么忙。唯一能做的就是努力了解你的生活，我从你这个窗口窥探着年轻人的世界，知道现在年轻人的生活状态，再接近他们的思想，再看他们在想什么需要什么，从而知道你的需求。

Q3: 我现在陪你那么少，你会不会有些失落和难过?

老亚：说实话真的没有，我觉得咱俩的生活越来越分离也不是坏事。成熟的标志本来就是从母体脱离出来，越脱离说明你越独立，这就是生活本身应该有的模样!

Q4: 生下我对于你而言最大的意义是什么?

老亚：你是我生命里很重要的存在啊! 对我来说，结婚生子、成家立业，这是一个完整的体系，但是我完全没觉得你一定要去完成这套体系。

我总跟身边特别爱干涉孩子人生的那些父母说：你自己这辈子过完了，但不要把子女的人生也拿来过。你不是为了他们，是为自己。而且你们为孩子做的任何一件事，都是自愿的，不要把是否做了它们作为考量自己是不是好家长的标准。

Q5：你对我做过让自己很后悔的事情吗？

老亚：之前因为练钢琴的事总是打你，每次打完我都特别痛心。其实我还特地写过一封信给自己，像写检讨一样。当时就很想把这些痛心的感受记录下来，再等类似的时刻拿出来读一遍点醒自己。

你可能觉得我当时并没有表现出来有多难过，这也是我做人的缺陷，不会服软，哪怕我心里觉得自己错了也不表现出来。其实我直到现在还在学着成长，学着表达。

大嫂：因为爸妈对一个孩子来说，就是神一样的存在啊！作为小孩的我会对父母有很多期待，认为你们一定会知道我要什么，一定是榜样。但直到我看《请回答 1988》的时候才第一次意识到，爸妈也是第一次当爸妈。我想很多小孩觉得得不到父爱、母爱，大概都因为他们要的和父母给的一直是错位的。

Q6：你最喜欢我的阶段是什么时候？

老亚：你从小到大我都没讨厌过你。前几年你生病的时候觉得我特别照顾你，其实从小到大我都是甘愿这么照顾你的，只是那时候你没有记忆。

Q7：你会有一个阶段感觉我们越来越疏远了吗？

老亚：上大学送你走的那一刻，我就知道这种关系会开始疏远了。但经历很短的一段时间后我就想开了！后来你和老杨在一起搭建自己的家庭，我就觉得你的人生彻底开始独立了。我也希望你能多抽时间和老杨在一起，毕竟那是你需要维护的人生。

Q8：你对你现在的生活状态满意吗？

老亚：目前很满意，因为每一年都还有所成长。毕竟我这个人本来自我觉醒的速度就很慢，五十岁之后还能感觉到自己在不断地学习、体悟和进步，这也不错。

Q9：有没有想过自己当年如果不生下我会怎么样？

老亚：我从来不做这种假设，生活从来不给你非 A 即 B 的选择，再给你机会来一遍，你在那个年龄还是会做出一样的选择。

Q10：你认为自己是一个好妈妈吗？

老亚：你们要求的东西和我们这个年纪的人能给予的，其实永远对不上。所以我觉得我算是 60 分的好妈妈吧，整体来说优点大于缺点，毕竟每个人都有自己的盲点。

我记得马东说过：中国人用三十年的时间走过了别人两百年才走完的路，所以你的父母其实就是古人，你跟他们有一百七十年的差距。你跟你的父母没法沟通，因为你从本质上根本无法理解他们的焦虑。

我想或许在一定程度上，我们都没办法真正理解彼此的焦虑吧。

固执一生 不忘天真

产品经理｜常怡君　　监　制｜何　娜
执行印制｜刘　淼　　策划人｜王　誉

图书在版编目（CIP）数据

固执一生　不忘天真 / 原来是西门大嫂著. -- 杭州：浙江文艺出版社，2020.8

ISBN 978-7-5339-6168-8

Ⅰ. ①固… Ⅱ. ①原… Ⅲ. ①随笔—作品集—中国—当代 Ⅳ. ① I267.1

中国版本图书馆 CIP 数据核字（2020）第 127690 号

固执一生　不忘天真
原来是西门大嫂 著

责任编辑　金荣良
特约编辑　於国娟
装帧设计　付诗意

出版发行　浙江文艺出版社
地　　址　杭州市体育场路 347 号　　邮编 310006
网　　址　www.zjwycbs.cn
经　　销　浙江省新华书店集团有限公司
　　　　　果麦文化传媒股份有限公司
印　　刷　天津丰富彩艺印刷有限公司
开　　本　880 毫米 ×1230 毫米　1/32
字　　数　136 千字
印　　张　7.5
印　　数　1—30,000
版　　次　2020 年 8 月第 1 版
印　　次　2020 年 8 月第 1 次印刷
书　　号　ISBN 978-7-5339-6168-8
定　　价　49.80 元